U0567538

汪曾祺

全集版

汪曾祺

诗歌全编

人民文学出版社

图书在版编目（CIP）数据

汪曾祺诗歌全编/汪曾祺著. —北京：人民文学出版社，2020
ISBN 978-7-02-015798-3

I. ①汪… II. ①汪… III. ①诗集—中国—当代 IV. ①I227

中国版本图书馆 CIP 数据核字（2019）第 250207 号

责任编辑　李玉俐
装帧设计　刘　静
责任印制　任　祎

出版发行　人民文学出版社
社　　址　北京市朝内大街 166 号
邮政编码　100705
网　　址　http：//www.rw-cn.com

印　　刷　三河市宏盛印务有限公司
经　　销　全国新华书店等

字　　数　79 千字
开　　本　680 毫米×960 毫米　1/16
印　　张　16.75　插页 7
印　　数　1—6000
版　　次　2020 年 7 月北京第 1 版
印　　次　2020 年 7 月第 1 次印刷

书　　号　978-7-02-015798-3
定　　价　46.00 元

作者像

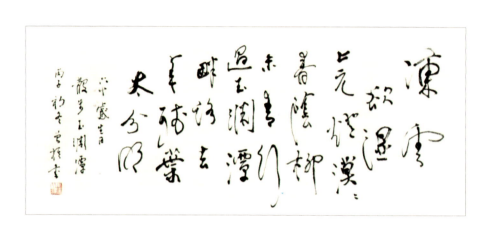

书法手迹《六十岁生日散步玉渊潭》

题画诗《无题 龙颜一怒》

书法手迹《六十七岁生日自寿》

桂湖老桂
蓊鬱枝湖上
昇庵舊有
祠一種凌霄韻
渾似狀元詞曲
冠群詩
丁丑中秋前八日
汪昌詩

题画诗《新都桂湖杨升庵祠》

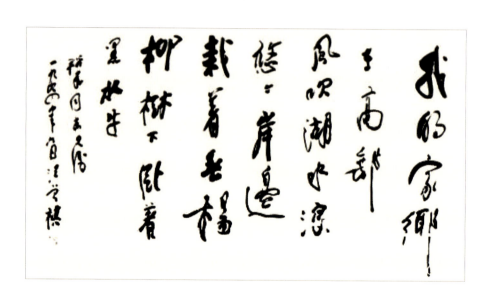

书法手迹《我的家乡在高邮》

题画诗《十二红》

题画诗《一九八三年除夕子时戏作》

出版说明

　　本书以人民文学出版社即将出版的《汪曾祺全集》平装版为底本，收入作者自1941年创作的新、旧体诗歌共计262首。为满足读者对汪曾祺诗歌的阅读需求，单独出版。

人民文学出版社编辑部

目　　录

新　诗

7

新　　诗

1941 年

自 画 像①

——给一切不认识我的和一个认识我的。

我一手拿支笔，
一手捏一把刀，
把镇定与大胆集成了焦点，
命令万种颜色皈依我的意向，
一口气吹散满室尘土，
教画布为我的眼睛心寒：

用绿色画成头发，再带点鹅儿黄，
好到故乡小溪的雾里摇摇，
听许多欲言又止的梦话，
也许有几丝被季候染白了的，
摇摇欲坠，坠落波心，
更随流水流到天涯！
用浅红描两瓣修眉，
待开出恬静的馨香，
谁需要，我送给她，
随她爱簪在鬓边，
爱别在襟头，
到残谢的时候，
随意抛了也好。

还有嘴唇呢,
那当然是淡淡的天青,
(谁知道那有甚么用,)
春日里,风飘着
带有蝶粉的头巾,
如果白云下有寂寞吹拂,我愿意厮伴着黄昏。
休要让霜雪铺满了空地,
还得涂上点背景,
我抹遍所有的颜色,
织成了孩子的窗帘。
然后放下画笔,
抽口烟,看烟圈儿散入带雨的蓝天。

彗星辛辛苦苦地绕过一个大圈子。
太阳替自己造成了午夜。

拍地抛去烟蒂头,花,花,花,
刮去了布上那片繁华,
散成碎屑,
飞舞在我的周身。
只留得一双眼睛,
涂过上千种颜色,
又大,又黑,盯着我,教我直寒噤。
也许,也许,
总有一个时候吧,
会凝成星星明灭的金光。

悬挂在甚么地方呢?
让风吹在天上吧。

附在萍藻的叶背,

在记忆之外闪着幽光?

但是,亲爱的,我担心,

天上也有冰河纪!

为纪念我的生日而作

三十年二月十六日晚草成。

注　释

① 本篇原载 1941 年 9 月 17 日香港《大公报·文艺》第一一八四期;初收《汪曾祺全集》第十一卷,人民文学出版社,2019 年 1 月。

昆明小街景①

盲老人的竹杖，
毛驴儿的瘸腿，
量得尽么？
是一段荒唐的历史啊，唉，
这长街闹嚷得多么寂寞：

　　走过了，又走过了，
　　多少多少日子……

收旧货的叫唤
推开太史府深掩的门，
那面椭圆的镜子
多像老祖母的眼睛。
泡湿了的木柴
嘲笑着老挑夫的肩膀
吱吱地，吱吱地，
卖出了黄连甘草，
也卖出了一叠叠纸钱。
少掌柜打得一手好算盘，
三下五除二
四下五落一……
唢呐儿吹着不同的调子
却一样是呜呜地，

有人走着,拖一大串泥草鞋

也活像牵着条哈叭狗儿,嘻,

你瞧瓦松长得那么肥绿了,

才几天?

卖馄饨的敲着白日更,

吾神驾云去也……

　　　　　　　乘风归去,

天门里有金色的花,

那直上云雾的十八盘哩,

喔,谁扔下一只烂橘子,

瘦狗儿夹起尾巴箭一般——哈哈,

怎么? 新松菰?

空车子比千把斤石头还重,

老黄牛依旧得拖着,没辙。

邪门儿,邪门儿,

可不是吗!

"夕阳无限好

只是近黄昏"

瞧小三儿的帽顶多红!

归去也,凉了,哎,伙计,开水!

注　释

① 本篇原载 1941 年 3 月 3 日香港《大公报·文艺》第一〇四三期,又载 1941
年 4 月 21 日桂林《大公报·文艺》第十六期,文字略有改动;初收《汪曾祺
全集》第十一卷,人民文学出版社,2019 年 1 月。

有血的被单①

　　昨天得潜弟来信:说,四月中吐了三天血,其实,应当说是呕血:整块紫黑的血自喉间涌出。……他还太年青,他想做许多事,不应被衰弱磨折,他应该强健起来呵。祝福。

　　　年青人有年老人
　　　卡在网孔上的咳嗽,
　　　如鱼,跃起,又落到
　　　印花布上看淡了的
　　　油污。磁质的月光
　　　摇落窗外盛开的
　　　玫瑰深黑的瓣子,你的心
　　　是空了旅客的海船。

　　　不必痛哭你的强拗
　　　如一个农夫哭他
　　　走失了六月的耕牛。
　　　想家的时候,你是
　　　被秋千从云里带下来的
　　　孩子,我知道。静静!
　　　学一个白发的医生
　　　告诉别人吧:我病了。……

　　　　　　　　　　　　　　　　　五月九日

注　释

① 本篇原载 1941 年 7 月 30 日香港《大公报・文艺》第一一四九期;初收《汪曾祺全集》第十一卷,人民文学出版社,2019 年 1 月。

小　茶　馆^①

小茶馆用了新字号，
顾客□□它的招牌，
掌柜的点头的姿势，
是一本厚流水帐簿。

喝茶的凭着自己的腿
带他们到坐惯的座上；

有人说故事像说着自己。
有人说着自己像说故事。
有人甚么也不说，抽抽烟，
看着自己碗里颜色淡了，
又看别人碗里泛起新绿。

有人不是为喝茶来的
是小茶馆里有新装饰：

卖唱的嗓子
不估价笑容。
看相的望不见自己
被人看熟了的脸。
采参的眼中颜色
真像是一座秋山。

石板路记下了,那
驮马的蹄子的滑蹶,
炉中的残炭里去了
温热,褪下艳紫深红,
掌柜的打扫一地瓜子壳
把泡过的叶子烘干。

对联上的金字
游离在茶烟里,
小茶馆该已不是
第一回新张了吧。
有人设想掌柜的
每回怎么迟疑着
贴出了停业启事,
怎样扶头握着笔
想向自己说什么。

注　释

① 本篇原载 1941 年 5 月 26 日桂林《大公报》;初收《汪曾祺全集》第十一卷,
人民文学出版社,2019 年 1 月。原稿漫漶处以"□"代替。

被诬害者^①

——赠劳瑞丽:你有没有这样的经验:我们小时常常捉蚱蜢玩,(尤其是年青的)当捏住它的胸部时,它会吐出赭色的咒骂。也有时我们便会释放了它的么?

脏女孩子,多没听见过自己的姓,
镇日向垃圾堆上捡拾锈的残花,
而多油的笑声煮熟了愚蠢。

学学冈果的主人吧,
看亡国绿树鹧鸪天,
遗忘了已经会说的"为甚么"顶好。^②

失眠夜的羊脂烛
有濡湿着情欲的眼睛呢,既然
得来波特莱尔的传染啊,

大叫最长的头发样的一声^③
惊醒一群睡死的人,然后,
你不妨蒙着头舐你的笑。

注　释

① 本篇原载 1941 年 6 月 9 日《贵州日报》"革命军诗刊"第二期;初收《汪曾祺全集》第十一卷,人民文学出版社,2019 年 1 月。

② A.纪德在《冈果旅行》上说非洲土人大部不会说"为甚么"及其相类词句，而且连懂也不懂。

③ 劳瑞丽有最长的头发。

消　息①

——童话的解说之一

亲爱的,你别这样,
别用含泪的眼睛对我,
我不愿意从静水里
看久已沉积的悲哀,
你看我如叙述一篇论文,
删去一般不必要的符号,
告诉你,我老了……
如江南轻轻的有了秋天,

二月天在一朵淡白的杜鹃花上谢落了,
又飘向何方。我还未看清自己的颜色。

只是,我是个老人,
而你,你依旧年青,

我能想起第一回
在我的嘴里有衰老的名字,
又甚么时候遗忘了诧异,
我也能在青灯前
为你说每一根白发的故事,
可是,我不能,
因为你有黑而大的眼睛。

当我辞退了形容词，
忙碌于解剖一具历史的标本

是的，我也年青过，
那是你记得的，
我浪费了又尊敬了的。
而现在，我遥望它微笑。

玻璃瓦下的砖缝里种一颗燕麦，
不经摇曳便熟了，
一穗萎弱的年华
挂几片瘵死的希望，
交付一把不说故事的竹帚
更向自己学会了原谅。

我年青过，
那多半是因为你。
但是衰老是无情的，
因为人们以无情对衰老。
我仍将干了的花朵还你，
再为你破例的说我自己。

在那边，在那边，……
哦，你别这样。

慢慢的，慢慢的……
我还能在心里
找出一点风化的温柔，
如破烂的调色板上

有变了色的颜色。
忘了你，也忘了我，
听我说一个笑话：

一个年青人
依照自己的意思，
（虽然仍得感谢上帝。）
在深黑的纸上画过自己，
一次，又一次，
说着崇高，说着美丽，
为一切好看的声音
校正了定义，
像一只北极的萤虫，
在嘶鸣的水上
记下了素洁。

为怕翻搅的浓腻的彩色，
给灵魂涂一层香油，
（永远柔润的滋液）
透明外有幽幻的虹光了，
可是，"防火水中"——
生于玉泉的香草也烂了根叶，
看严冰也开出了紫焰呢，亲爱的……

你看过一滴深蓝
在清水里幻想
大理石的天空，
又怎样淡了记忆，

你看见过那胡桃
怎样结成了硬壳，
为自己摘下之后
在壳肉之间
有多么奇异的空隙，

你看见过么，亲爱的，
一只秋蝇用昏晕的复眼
在黏湿的白热灯前
画成了迂回的航线，

破落的世第的女墙里
常常排开辉煌的夜宴，
折脚的螃蟹拼命挤出
镡口陈年的酒花，
落了香色的树木
绿照了不卷帘的窗子，

我老了，但我为我的疲倦
工作，而我的疲倦为我的
休息，所有的诳话
说得自己相信了
便成了别人崇服的真理。
我学会宗教家可敬的卑劣。

我老了，你听我的声音，
平静得太可怕么，
你还很年青，不要
教眼角的神经太酸痛，

走,我们到幽邃的林子里
去散步,虽然你来的时候
已经经过艰苦的跋涉,
你,朝山的行客,亲爱的,
连失望也不要带走。

像从前一样,
我伸给你一只手臂,
这是你的头巾,
这是你的斗篷,
像一个病愈的人
我再递给一根手杖。

我再也不会对无恒有恒,
你再来看我,当你
失去了所有的镜子的时候,
你来看我心上衰老的须根。

这是从日记里,从偶然留下的信札里,从读书时的眉批里,从一些没有名字的字片里集起来的破碎的句子,算是一个平凡人的文献,给一些常常问我为甚么不修剪头发的人,并谢谢他们。

卅年,昆明雨季的开始时候。

注 释

① 本篇原载 1941 年 6 月 12 日昆明《中央日报·文艺》;初收《汪曾祺全集》第十一卷,人民文学出版社,2019 年 1 月。

昆明的春天①

——不必朗诵的诗，给来自故都的人们

打开明瓦窗，

看我的烟在一道阳光里幻想。

（那卖蒸饭的白汽啵。）

够多美，朋友又说了，

若是在北平啊，

北平的尘土比这儿多，

游鱼梦想着桃花瓣儿呢，

在家里呆不住喉，

三毛钱，颐和园去了，

自行车，自行车，自行车，

真个是车如流水马如龙，

嚇嚇，马如龙，

有人赤脚穿木屐，过街心，

哪儿没有春光，您哪，

看烤饵块的脱下破皮袄，

（客气点好吧。）

尽翻着，尽翻着，

翻得直教人痒痒，

说真的，我真爱靴刀儿划起的冰花儿，

小粉蝶儿，纱头巾，

飞，飞，

　喝，看天染蓝了我的眼睛，

该不会有警报吧,今儿。

注 释

① 本篇原载 1941 年 6 月 18 日香港《大公报·文艺》第一一一九期;初收《汪曾祺全集》第十一卷,人民文学出版社,2019 年 1 月。

蒲　桃①

一个长途上的轻荷
试赠虐待青春的人
第一个看到的有命定的不幸了

蒲桃熟的时候
唇的味漂泊在
秋天的边城，
一朵白云溶散了，
是有人在唱一支古谣么？
你知道么？异国的蒲桃千里
还有多少新鲜的回忆？

我不知道性急的酒徒
如何怀想宿年的封窖。
而我的蒲桃，我的蒲桃
成熟得过早了，你说过。

成熟的初夏流溢着，
当你的眼睛如金甲虫
飞落在酿成的夜的香花上，
你不知道，我有一个
不愿告诉自己的秘密。

我想送你一串蒲桃，

（一串紫色的？一串白色的？）

你从来没有不经心的向我

要过，怕你要说一声谢谢。

我将悄悄的结在你一条

常不注意的衣带上，

直到你归去时也许

竟还不知道呢，也许，

也许到风干了，

风干了枝叶和鬚须，

你会想起

有那么一回。

有那么一回么，

你到我的蒲桃园

荒落了之后

雪封了园前曲径的日子

再来问我吧，

那时我将说，

唔，也许有吧。

五月尾破灭拟作

注　释

① 本篇原载 1941 年 7 月 4 日昆明《中央日报·文艺》第六十五期，署名"蓁歧"；初收《汪曾祺全集》第十一卷，人民文学出版社，2019 年 1 月。

封　泥①

——童话的解说之二

姐姐带着钥匙吧，
最长的季节来了，
去看看我们的园子，
虽然我记得
最初一次离开的时候
并未一动虚掩的园门，
可是有风呢，
动的风和静的风。

甚么也别带
连记忆和遗忘，
姐姊，我正要那块
石碑上的字也
教目光摩平了，
我们的园子最好
连荒芜也没有。

秋天常是又高又大的
它将在一切旧址上
平铺了明蓝的荫：

溶静静满园空间与时间，

把幻想压成一叠水成岩，
让它作不伤舟客的暗礁，
怀想也像蒲公英的轻絮，
在睫毛飘忽的天涯
在一个空白里，散开了，
不给影子以重量。

这是最深的一点，
从开端来的，又
引向最后去。
是淡的，还是淡的，
并且也不必计算
那个总和，姊姊，
我们说，即使苦，
即使苦，……

冷水上流着的
是无主的梦么，
不去理那些铭记的
日月，用最大的
勇气与恒心
去嬾吧，姊姊，
更温和一点，
你知道这园子的邻近
有许多用希望栽花的。

不要漏出一点消息，
可是，我怕我是个
多话的孩子，姊姊，

我说着牧羊人的
谎话,好不好,我说:
　　　　我们园里的树上
　　　　开满淡白的蝴蝶,
　　　　(还有红的,还有金的,
　　　　还有颜色以外的!)
　　　　青的虔诚的梦
　　　　有水红色的嫩根,
　　　　我们的柳丝是,是,
　　　　流着醉的睇视的
　　　　柔发,流着许多
　　　　甜的热度
我说得不美丽时
我们的园子会帮助我。

我有更多的祝福,施给
自己过的,该施给别人了,现在。
我们教那些
等待的去追求,
教那些沉默的
去唱歌,教薄待
青春的去学学
秋天以前的风。

我们以别人的欢乐
来娱悦自己吧,姊姊。

怎么,姊姊不说话了,
看露水湿了你的趾尖。

很凉呢,尤其是秋天。
回去了,轻轻的,
让虚掩的门仍旧
虚掩着,陌生的
孩子不会来的,
他们从未见过
一座不锁门的园子,
轻轻的走,并告诉自己
我们没有又来过一次。

六月十八日天雨

注　释

① 本篇原载 1941 年 8 月 16 日昆明《中央日报·文艺》;初收《汪曾祺全集》
第十一卷,人民文学出版社,2019 年 1 月。

文　明　街[①]

先生,你从来没有看见过一条河吗? ——莫洛亚

到文明街去吧?
　　到文明街去!
流浪汉　单身汉
用业余游历家的眼睛
一颗不设防的心
(撤退了的荒街或者被占领了又)
去看自己的晚晌。

在城市的中心
在乡村的边缘
在许多向心与离心的
圆弧交切的一点上
文明街铺开了,依照着
人的假想,又给假想
以迂回的路线。

这里是一个定期风暴的
根据与发源,像一个
苍白的酒徒又被
春酒灌溉了神经
稀薄的感情(激起)浪花。

过饱和的碳酸翻搅着，

四方的空气又向这里流换。

每天晚上，灯光

把黑阴压积在

柜台底下，

桌子底下，

木箱底下，

和残忍的脚步底下

（老鼠洞里有丰收的季节了。）

文明街在有人看星的地方，

——有水，有树，有蛤蟆叫的地方，

升起了烧炽的，

透明的梦。

一盏灯比一盏灯更亮，

一块招牌比一块招牌更胡闹，

一个窗子比一个窗子更能

汲出眼睛的惊呼，

压倒了别人，

又压倒了自己，

通过沮丧的喜悦后面

幌动着预言家惨碧的呓语。

而古老的铺子

（满饰着残象的）

古老得更新奇了。

建设着破坏，

荒唐的统计数表

不断的产生

未立名称的职业。

有人笑了，

噙着两眼虹色的泪。

紫色的虹

酱色的虹

苍绿色的虹

深灰色的虹

闪烁着懔抖着的

虹的水灾啊！

过分诚实的脸

（训练了一生的）

太多的苦衷与术语，

每个人装点着自己

与别人的身份。

手握住袋内

轻微的本钱——失望，眼睛钉在

有生殖能力的满足，

噎下了欢呼

藏起了狼狈

（政治家的修养啊）

狂□□:

（你为甚么不慷慨一点）

顾客与商人

草拟着

新世纪的道德。

火烧着三月

分泌着油脂的松林的

大的声音

寂灭了，

一盏盏光与影子
放弃了自己的封□,暂时
有一个互不侵犯的和平。

埋在古典时代的废墟的蛇,
寂寞使主妇在客散的
筵前咬着手指的时空。

一对毫不动心的狗
并着肩由巡警的
生活的边上踩过了。

浮肿的河,街,贫空的
职业荡妇一样的睡死了,
慈善的清道夫
红着红的眼睛
洗涤她浑身
兽性与无耻的重伤。
而一辆牛车
载满沉重的木石
又吱吱的碾过来了。

好一趟辽远的旅行啊!
喝,这算得了甚么。
归去,窗前有一本
历史地图打开了
随你愿意画几条线。

注　释

①　本篇原载 1941 年 11 月 16 日昆明《中央日报・文艺》第九十五期,署名"汪
若园";初收《汪曾祺全集》第十一卷,人民文学出版社,2019 年 1 月。原稿
漫漶处以"□"代替。

落　叶　松[①]

树叶子落在下个斑斓的谎，
在浓夏树荫瞒过的旧处。
谁曾命永远的绿谷作主，
又殷勤延纳早秋的晚凉。

要鳞瓣藏好秘密的馨香：
严阖着眼皮，风吹着白露。
如庙宇湮圮于落成之初，
无一人礼拜昨天的法相。

倦了鹰的翅野鸽的红爪。
一天，被静冷烧枯的枝柄，
如修道女扔下斜插的花，
落下了松实累累如蜂巢，
藏入层层自设的谎，作听
深谷里有巨石风化成沙。

　　　　　　　　昆虫书简之二
　　　　　　　　十月四日拟作。
　　　　　　　十一月十日抄六稿。

注　释

① 本篇原载 1941 年 11 月 24 日昆明《中央日报·文艺》第一百零一期"十四行特
　辑"，署名"汪若园"；初收《汪曾祺全集》第十一卷，人民文学出版社，2019 年 1 月。
　1942 年作者以同题重写这首诗，文字有较大改动，参见《二秋辑·落叶松》。

1942 年

二　秋　辑①

私　章

生如一条河,梦是一片水。
俯首于我半身恍惚的倒影。
窗帘上花朵木然萎谢了,
我像一张胶片摄两个风景。

落　叶　松

虫鸣声如轻雾,斑斓的谎,
从容飘落又向浓荫旧处。
活该是豪华的青山作主,
一挥手延纳早秋的晚凉。

尽膜拜自己,庄严的法相,
愿宝殿湮圮于落成之初。
不睁的眼睛,雨夜的珠露,
不变的是你不散的馨香。

离绝绿染的紫啄的红爪,

鳞瓣上辉煌的黑色如火,
管春风又煽动下年的花。

终也落下,没有蜜的蜂巢,
而,积雪已抚育谎的坚果。
山头石烂,涧水流过轻沙。

注 释

① 本篇原载 1942 年 11 月 13 日昆明《生活导报》第一期;初收《汪曾祺全集》第十一卷,人民文学出版社,2019 年 1 月。

旧　　诗①

当月光浸透了小草的红根
一只粉蝶飞起自己的影子
夜栖息在我的肩上它已经
冻冷了自己又颤抖着薄翼

两排杨树裁成了道道小河
蒲公英散开了淡白的织絮
衰老的夜一天劳碌的星辰
昂着头你不怕晒黑了眼睛

注　释

① 本篇原载 1942 年 12 月 8 日桂林《大公报·文艺》;初收《汪曾祺全集》第
十一卷,人民文学出版社,2019 年 1 月。

1954 年

试译白居易《井底引银瓶》[①]

井底拉起银瓶，
银瓶将上时绳子断了。
石上磨着玉簪，
玉簪将成时折成两半了。
瓶沉、簪断，无法可想啊，
正像我跟你分别就在眼前了。

想从前在家做女儿时候，
人说我举动间比谁都美，
弯弯的长眉远山一样秀媚，
蝉翼般的两鬓在耳边轻垂。
我随着同伴在后园欢笑，
这时候不知道你啊是谁。

我倚着短墙攀弄青梅枝桠，
你在垂柳旁骑着一匹白马，
我看见你远远地朝着我望，
知道你的心为爱情而忧伤。
我因此和你把真情吐露，
你发誓指着南山的松柏树。
你松柏树样的心肠使我感激，

暗合了双鬟我跟着你去。②

到你家住了五六年，
你父亲常有些难堪言语，
说聘来的是妻奔来的是妾，
见不得先人祭不得祖。
终于我觉得你家没法再住，
可是出了门我没有地方可去！
难道我家里没有父母？
我偷偷出来后都不通消息，
又悲又羞我想回也回不去！

为了你一天的爱情，
葬送我整整一生。
痴情的姑娘啊你们小心，
千万莫把爱情轻轻给人！

注　释

① 本篇原载《说说唱唱》1954 年第二期,署名"曾其";初收《汪曾祺全集》第
十一卷,人民文学出版社,2019 年 1 月。

② 双鬟是少女或婢女的妆束。这句诗的意思大概是说改了少女的妆束,变成
了妇人的妆束,嫁给所钟情的人而去。

早　春①（习作）

彩　旗

当风的彩旗，
像一片被缚住的波浪。

杏　花

杏花翻着碎碎的瓣子……
仿佛有人拿了一桶花瓣撒在树上。

早　春

（新绿是朦胧的，飘浮在树杪，
完全不像是叶子……）

远树的绿色的呼吸。

黄　昏

青灰色的黄昏，

下班的时候。

暗绿的道旁的柏树，

银红的骑车女郎的帽子，

橘黄色的电车灯。

忽然路灯亮了，

　　（像是轻轻地拍了拍手……）

空气里扩散着早春的湿润。

火　　车

火车开过来了。

鲜洁，明亮，刷洗得清清爽爽，好像闻得到车厢里甘凉的空气。

这是餐车，窗纱整齐地挽着，每个窗口放着一盆鲜花。

火车是空的。火车正在调进车站，去接纳去往各地的旅客。

火车开过去了，突突突突，突突突突……

火车喷出来的汽是灰蓝色的，蓝得那样深，简直走不过一个人去；但是，很快，在它经过你的面前的时候，它映出早已是眼睛看不出来的夕阳的余光，变成极其柔和的浅红色；终于撕成一片一片白色的碎片，正像正常的蒸汽的颜色，翻卷着，疾速地消灭在高空。于是，天色暗下来了。

注　释

①　本篇原载《诗刊》1957 年 6 月号；初收《汪曾祺自选集》，漓江出版社，1987
　　年 10 月。

1972 年

瞎虻①

牛虻，"虻"当读 méng，读做"牛忙"是错的。我的故乡叫它"牛蜢蜢"，是因为它的鸣声很低，与调值的上声相近。北方或谓之"瞎虻"，"虻"读阴平。这东西的眼神是真不好，老是瞎碰乱撞。有时竟会笔直地撞到人脸上来。至于头触玻璃窗，更是司空见惯，不是诬赖它。雄牛虻吸植物汁液，雌牛虻刺吸人畜血，都不是好东西。讽刺它们一下，是可以的。

瞎虻笔直地飞向花丛，
却不料——咚！碰得脑袋生疼。
"唔？"它摸摸额角，鼓鼓眼睛，
"这是，这是怎么回事情？"

好天气，真带劲，香扑扑，热哄哄，
"再来，再来！"打个转，鼓鼓劲，
"一二，你看咱瞎虻飞得多冲！"——咚！
"嗯？这空气咋这么硬，这么平？"

捉摸不透是什么原因，
瞎虻可傻了眼了：
"我往日多么聪明，
今儿可成老赶了！"

接连几次向玻璃猛冲

累得它腰酸腿软了。

越想越觉得气不平，

短短的触角更短了。

一九七二年十月写

十一月十六日改

注　释

①　本篇初收《汪曾祺全集》第八卷(1972 年 11 月 16 日致朱德熙信)，北京师

范大学出版社，1998 年 8 月。

水　马　儿①

　　水马,当我还是孩子的时候,我的故乡的孩子叫它"海里蹦"。一名水黾。《本草纲目·虫部四》引陈藏器曰:"水黾群游水上,水涸即飞,长寸许,四脚。"韩琦《凉榭池上二阕》:"游鳞惊触绿荷香,水马成群股脚长"。善状其外形特征。苏东坡《二虫诗》称之为"水马儿",大概是四川的乡音了,今从之。苏东坡对它的习性观察得很精到,令人惊喜佩服。诗里还提到一种昆虫"鹢滥堆",不知是何物。东坡诗录如下:

　　　　　　"君不见水马儿,
　　　　　　步步逆流水。
　　　　　　大江东去日千里。
　　　　　　此虫趯趯长在此。
　　　　　　君不见鹢滥堆,
　　　　　　决起随冲风,
　　　　　　随风一去宿何许?
　　　　　　逆风还落蓬蒿中。
　　　　　　二虫愚智皆莫测,
　　　　　　江边一笑无人识。"

　　　　　　雨后的小水沟多么平静,
　　　　　　水底下倒映着天光云影。
　　　　　　平静的沟中水可并不停留,
　　　　　　你看那水马儿在缓缓移动。

水马儿有一种天生的本领，
能够在水面上立足存身。
浑身铁黑，四脚伶仃，
不飞不舞，也没有声音。

它们全都是逆水栖息，
没一个倒站横行。
好半天一动不动，
听流水把它们带过了一程。

听流水把它们带过了一程，
量一量过不了七寸八寸，
可它们已觉得漂得太远，
就赶紧向上游连蹦几蹦。

天上的白云变红云，
晌午过了到黄昏，
你看看这一群水马儿，
依然是停留在原地不动。

你们这是干什么？
漂一程，蹦几蹦，既不退，又不进。
单调的反复有什么乐趣可言，
为什么白送走一天的光阴？

水马儿之一答曰："你管得着吗？
这是我们水马儿的习俗秉性！"

说话间又漂过短短一程，

它赶忙向原地连蹦几蹦。

一九七二年十一月十六日

注　释

① 本篇初收《汪曾祺全集》第八卷(1972 年 11 月 16 日致朱德熙信)，北京师范大学出版社，1998 年 8 月。

1986 年

旅　　途^①（七首）

有一个长头发的青年

有一个长头发的青年，
他要离开草原。
他觉得草原太单调，
他越走越远。
他越走越远，
穿一件白色的衬衫。

有一个长头发的青年，
他要离开草原。
他觉得草原太寂寞，
他越走越远。
他越走越远，
穿一件蓝色的衬衫。

有一个长头发的青年，
他要离开草原。
他蓦然回头一望，
草原一望无边。

他站着一动不动，
穿一件火红的衬衫。

三月十七日梦中作，醒来写定

赛　里　木

野苹果花开得像雪，
赛里木湖多么蓝哟！

塔松里飞出了白云，
赛里木湖多么蓝哟！

牛羊在绿山上吃草，
赛里木湖多么蓝哟！

赛里木湖多么蓝哟，
你好吗？赛里木，赛里木②！

吐鲁番的联想

异国守城的士兵，
一箭射穿了玄奘的水袋。
于是有了坎儿井。

有人在戈壁滩上，
捡到岑参的一纸马料账③。
什么时候咱们逛一逛纽约的唐人街。

安西都护一天比一天老了，

他的酒量一天比一天小了。
飞机上载的是无核葡萄干。

广州的孩子没见过下雪，
吐鲁番的孩子没见过下雨。
广州、吐鲁番都有邮局。

巴特尔要离开家乡

大雁飞在天上，
影子留在地上。
巴特尔要离开家乡，
心里充满了忧伤。

巴特尔躺在圈儿河旁④，
闻着草原的清香。
圈儿河流了一前晌，
还没有流出家乡。

玉渊潭正月

汽车开过湖边，
带起一群落叶。
落叶追着汽车，
一直追得很远。
终于没有劲了，
又纷纷地停下了。

"你神气什么，

还嘀嘀地叫！"
"甭理它，咱们讲故事：
秋天，
早晨的露水……"

坝　　上

风梳着莜麦沙沙地响，
山药花翻滚着雪浪。
走半天看不到一个人，
这就是俺们的坝上。

歌　　声

他很少回他的家乡，
他的家乡是四川绵阳。
他每年收到家乡寄来的包裹，
包裹里寄的是干辣椒，豆瓣酱。

他用四川话和我们交谈，
藏话说得很流畅。
他写的歌子很好听，
藏族的歌手都爱唱。

听说他已经死了，
我不禁想起他挺老实的模样。
收音机里有时还播他写的歌子，
歌声还是那样悠扬，那样明朗。

纪念一位入藏三十年的作曲家

注　释

① 本组诗原载《中国作家》1986 年第四期,原为八首,其中一首旧体诗《泊万县》另收入本卷"旧体诗"类,《玉渊潭正月》以《落叶》为题,见于散文《草木虫鱼鸟兽》,文字有改动;以《旅途》为题,初收《汪曾祺自选集》,漓江出版社,1987 年 10 月。

② 赛里木湖在新疆,离伊犁不远。"赛里木"是突厥语,意为平安。旅人到了赛里木湖,都要俯首说一声:"赛里木!"

③ 岑参马料账现藏乌鲁木齐新疆博物馆。

④ 呼伦贝尔草原有一条河,叫圈儿河。圈儿河很奇怪,它不是径直地流去,而是不停地转着圈。牧民说,这河舍不得离开草原。

1991 年

题　　画[①]

一

万朵茶花似火
徘徊着
顾望着自己的影子
孤独
乖巧的
黑凤

二

黑黑的龙潭
有太阳,有云
有雨,有星星

"大眼睛,
猫头鹰!"

三

定定地看着人
又倏然垂下了睫毛
像一只敛翅的鸟
泄密的眼睛

注　释

① 本篇原载《女声》1991 年第七期;初收《汪曾祺全集》第十一卷,人民文学
出版社,2019 年 1 月。

1993 年

我的家乡在高邮[①]

我的家乡在高邮，
风吹湖水浪悠悠。
岸上栽的是垂杨柳，
树下卧的是黑水牛。

我的家乡在高邮，
春是春来秋是秋。
八月十五连枝藕，
九月初九闷芋头。

我的家乡在高邮，
女伢子的眼睛乌溜溜。
不是人物长得秀，
怎会出一个风流才子秦少游？

我的家乡在高邮，
花团锦绣在前头。
百样的花儿都不丑，
单要一朵五月端阳通红灼亮的红石榴！

(一九九三年十月中旬)

52

注　释

① 本篇系江苏电视台 1994 年播出的电视片《梦故乡》的主题歌歌词,原载《罋社珠光——高邮市文联十年成果集》,高邮市文联编印,1996 年 4 月;后编入组诗《我的家乡在高邮——故乡诗吟》,初收《汪曾祺全集》第八卷,北京师范大学出版社,1998 年 8 月。

夏　　天[①]（散文诗）

早　　晨

露水。

露水湿了草叶，湿了马齿苋。

一只螳螂在牵牛花上散步。精致的淡绿的薄纱的贴身轻装。

金针花开了。

真凉快。

井

凉意从井里丝丝地冒上来。

花

茉莉。素馨。珠兰。数珠兰清雅。

淡　竹　叶

淡竹叶略似竹叶，半藏在草丛中，不高，开淡淡的天蓝色的小如指甲的简单的花。

蝈蝈和纺织娘

蝈蝈把天气叫得更燥热了。我们用番瓜花喂蝈蝈,用很辣的辣椒喂它。它就叫得更吵人了。

扁豆架的叶丛中有一只纺织娘,不知它是怎样飞来的。一到晚上,它就纺纱,沙沙沙……

萤 火 虫

萤火虫一亮一亮的,忽上,忽下。

注 释

① 本组诗原载《中国作家》1998 年第一期;初收《汪曾祺全集》第八卷,北京师范大学出版社,1998 年 8 月。

秋　冬①

爬　山　虎

沿街的爬山虎红了，
北京的秋意浓了。

爬山虎的叶子掉光了，
昨晚上下过一场霜了。

黄　栌

香山的黄栌喝得烂醉。

下　雪

雪花想下又不想下，
犹犹豫豫。

你们商量商量
自己拿个主意。

对面人家的房顶白了：
雪花拿定了主意了：下。

雪　　后

大吊车停留在空中，
一动不动。
听不到指挥运料的哨音。
异常的安静。

热　汤　面

擀面条的声音，
切白菜的声音，
下雪天的声音。
这种天气，怎么出去买菜？
卖菜的也不出摊。
楼上楼下，
好几家，
今天都吃热汤面。
"牛牛！牛牛！
到副食店去买两块臭豆腐！"

注　释

① 本组诗原载《中国作家》1998 年第一期；初收《汪曾祺全集》第八卷，北京
师范大学出版社，1998 年 8 月。

啄　木　鸟^①

啄木鸟追逐着雌鸟，

红胸脯发出无声的喊叫，

它们一翅飞出树林，

落在湖边的柳梢。

不知从哪里钻出一个孩子，

一声大叫。

啄木鸟吃了一惊，

他身边已经没有雌鸟。

不一会树林里传出啄木的声音，

他已经忘记了刚才的烦恼。

注　释

① 本篇见于散文《草木虫鱼鸟兽》，原载《汪曾祺全集》第六卷，北京师范大学
出版社，1998 年 8 月；初收《汪曾祺全集》第十一卷，人民文学出版社，2019
年 1 月。

梦[1]

给我一枝梦中的笔，
我会写出几首挺不错的诗。
可惜醒来全都忘了，
我算是白活了这一趟了。

注　释

[1]　本篇见于小说《梦》，原载《汪曾祺全集》第二卷，北京师范大学出版社，
1998 年 8 月；初收《汪曾祺全集》第十一卷，人民文学出版社，2019 年 1 月。

鄂温克狩猎队员之歌①

从那浓绿浓绿的大兴安岭，
飘出了一阵阵轻脆的铃声。
在那万木参天的密林里，
鄂温克的驯鹿群在安详地游动。

我们是鄂温克的狩猎队员，
熟悉山里的每一条路径。
一阵阵枪响回荡在天边，
载回了丰收的犴肉和鹿茸。

从那金黄金黄的大兴安岭，
从那白雪皑皑的大兴安岭，
从那万木参天的密林里，
飘出了一阵阵轻脆的铃声。

一阵阵枪响回荡在天边，
载回了珍贵的灰鼠和飞龙。
我们是鄂温克的狩猎队员，
熟悉山里的每一条路径。

从那暮色苍茫的大兴安岭，
听不到一阵阵轻脆的铃声，
从那万木参天的密林里，

听不到一阵阵响亮的枪声。

勤劳勇敢的鄂温克，
这一夜你们在哪里活动？
踏着草叶上晶莹的露水，
狩猎队押来了入境的黑熊。

我们是鄂温克的狩猎队，
我们是无敌的英雄民兵。
守卫着祖国北方的边境，
守卫着亲爱的大兴安岭。

从那浓绿浓绿的大兴安岭，
飘出了一阵阵轻脆的铃声。
在那万木参天的密林里，
鄂温克狩猎队员在机警地游动。

注　释

① 　本篇初收《汪曾祺全集》第十一卷，人民文学出版社，2019 年 1 月。

桦　皮　船①

（男女声二重唱）

重：剥下洁白的桦树皮，
　　煮三遍，晾三遍。
　　放倒坚韧的樟子松，
　　砍长条，削薄板。
　　做成猎民的桦皮船，
　　多轻巧，多灵便。

　　啊——
　　划动桨叶如展翅，
　　白鹤一样的桦皮船。
　　激流河里任翱翔，
　　哲理鱼一样的桦皮船。
　　两岸青山齐后退，
　　燕子一样的桦皮船。

女：你又要划船去夜猎，
　　去打鹿，去打犴？
　　激流河水平槽了，
　　水多急，浪花翻。
　　今晚天气很不好，
　　云沼沼，雾漫漫。

重：啊——

划动桨叶如展翅，
白鹤一样的桦皮船。
激流河里任翱翔，
哲理鱼一样的桦皮船。
两岸青山齐后退，
燕子一样的桦皮船。

男：我不是划船去夜猎，
不打鹿，不打犴。
刚才护林员来报告，
密林里，冒青烟。
有一个越境特务进了山，
看情况，没走远。

重：划动桨叶如展翅，
白鹤一样的桦皮船。
激流河里任翱翔，
哲理鱼一样的桦皮船。
两岸青山齐后退，
燕子一样的桦皮船。

女：你要到下游蹲泡子，
啃干肉，嚼生烟。
等到特务来喝水，
鹿皮绳，把他栓。
那我跟你去就伴，
你打枪，我划船。

重：划动桨叶如展翅，

　　　白鹤一样的桦皮船。

　　　激流河里任翱翔，

　　　哲理鱼一样的桦皮船。

　　　两岸青山齐后退，

　　　燕子一样的桦皮船。

男：这趟任务很危险，

女：越艰险，越向前。

男：孩子交给谁照看？

女：托儿所，阿姨管。

男：你原来早就有打算，

女：那当然。

男：快上船！

重：划动桨叶如展翅，

　　　白鹤一样的桦皮船。

　　　激流河里任翱翔，

　　　哲理鱼一样的桦皮船。

　　　两岸青山齐后退，

　　　燕子一样的桦皮船。

注　释

① 本篇初收《汪曾祺全集》第十一卷，人民文学出版社，2019 年 1 月。

旧 体 诗、长 短 句

1960 年

画马铃薯图谱感怀[1]

三十年前了了时,曾拟许身作画师。
何期出塞修芋谱,搔发临畦和胭脂。

注　释

[1] 本篇见于《新发现汪曾祺佚文一束·思想汇报》,原载《新文学史料》2017
年第四期;初收《汪曾祺全集》第十一卷,人民文学出版社,2019 年 1 月。
1960 年 8 月间,作者被派到沽源马铃薯研究站,画《中国马铃薯图谱》。诗
题系编者所拟。

1980 年

六十岁生日散步玉渊潭[①]

冻云欲湿上元灯,漠漠春阴柳未青。
行过玉渊潭畔路,去年残叶太分明。

注　释

① 本篇见于散文《七十书怀》,原载《现代作家》1990 年第四期;初收《汪曾祺书画集》,汪朗、汪明、汪朝编,2000 年 2 月。诗题据作者 1996 年自书手迹。

1981 年

昆明莲花池小店坐雨①

莲花池外少行人,野店苔痕一寸深。
浊酒一杯天过午,木香花湿雨沉沉。

(一九八一年九月二十九日)

注　释

① 本篇见于散文《昆明的雨》,原载《滇池》1984 年第十期;又见于散文《花》,载《收获》1993 年第四期;初收《汪曾祺全集》第十一卷,人民文学出版社,2019 年 1 月。诗题系编者所拟。另有手迹前三句作:"垂羽村鸡栖坐稳,日长苔色上墙根,野店无人一杯酒"。

送传捷外甥参军①

东海日升红杲杲，水兵搏浪起身早。
昂首浩歌飘然去，茫茫大陆一小岛。

一九八一年十月

注　释

① 本篇原载《嬖社珠光——高邮市文联十年成果集》，高邮市文联编印，1996
年 4 月；后编入组诗《我的家乡在高邮——故乡诗吟》，初收《汪曾祺全集》
第八卷，北京师范大学出版社，1998 年 8 月。传捷，汪曾祺妹妹汪丽纹
之子。

陵纹小妹存玩[1]

故乡存骨肉，有妹在安徽。
所适殊非偶，课儿心未灰。
力耕怜弱质，怀远问寒梅。
何日归钦赋，天崖暖气吹。

大哥哥 曾祺

注 释

[1] 本篇原载《甓社珠光——高邮市文联十年成果集》，高邮市文联编印，1996
年4月；后编入组诗《我的家乡在高邮——故乡诗吟》，初收《汪曾祺全集》
第八卷，北京师范大学出版社，1998年8月。汪陵纹，汪曾祺同父异母
小妹。

寿小姑爹八十①

扁舟一棹入江湖,一笑灯前认故吾。
报国有心豪气在,未甘伏枥饱干刍。

胸中百丈黄河浪,眼底巫山一段云。
犹余老缶当年笔,归画淮南万木春。

抵掌剧谈天下事,挥毫闲书老少年。
高龄八十健如此,熠熠珠光照夕烟。

小姑爹八十岁矣而精神矍铄豪迈健谈命作诗赋三绝为之寿　孙　汪曾祺敬草

注　释

①　本篇见于陈其昌《崔锡麟和侄孙汪曾祺》,原载《走近汪曾祺》,汪曾祺文学
　　馆编印,2003 年 8 月;初收《汪曾祺全集》第十一卷,人民文学出版社,2019
　　年 1 月。"小姑爹"指崔锡麟(1902—1987),汪曾祺祖父之妹婿。

敬呈道仁夫子①

我爱张夫子,辛勤育后生。

汲源来大夏,播火到小城。

新文开道路,博学不求名。

白头甘淡泊,灼灼老人心。

八一年十一月 受业 汪曾祺

注 释

① 本篇原载《甓社珠光——高邮市文联十年成果集》,高邮市文联编印,1996
年 4 月;后编入组诗《我的家乡在高邮——故乡诗吟》,初收《汪曾祺全集》
第八卷,北京师范大学出版社,1998 年 8 月。道仁,张道仁,作者幼稚园老
师王文英的丈夫。

敬呈文英老师^①

"小羊儿乖乖,把门儿开开",

歌声犹在,耳畔徘徊。

念平生美育,从此培栽。

我今亦老矣,白髭盈腮。

但师恩母爱,岂能忘怀。

愿吾师康健,长寿无灾。

五小幼稚园第一班学生 汪曾祺

(一九八一年十一月)

注 释

① 本篇原载《罴社珠光——高邮市文联十年成果集》,高邮市文联编印,1996
年 4 月;又见于散文《师恩母爱》,文字略有改动,原载 1996 年 9 月 9 日《江
苏教育报》。后编入组诗《我的家乡在高邮——故乡诗吟》,初收《汪曾祺
全集》第八卷,北京师范大学出版社,1998 年 8 月。文英老师,即王文英
(1906—1987),作者幼稚园时期的老师。

阴　　城^①

莽莽阴城何代名，夜深鬼火恐人行。

故老传云古战场，儿童拾得旧韩瓶。

功名一世余荒冢，野土千年怨不平。

近闻拓地开工厂，从此阴城夜有灯。

奉金鳌 指正 一九八一年十一月

注　释

① 本篇原载《甓社珠光——高邮市文联十年成果集》，高邮市文联编印，1996年4月；后编入组诗《我的家乡在高邮——故乡诗吟》，初收《汪曾祺全集》第八卷，北京师范大学出版社，1998年8月。

文游台①（忆昔春游何处好）

忆昔春游何处好,年年都上文游台。

树梢帆影轻轻过,台下豆花漫漫开。

秦邮碑帖怀铅拓,异代乡贤识姓来。

杰阁今犹存旧址,流风余韵未曾衰。

注　释

① 本篇初收《汪曾祺全集》第十一卷,人民文学出版社,2019 年 1 月。

新　河^①

晨兴寻旧邮,散步看新河。

舴艋垂金菊,机船载粪过。

水边开菊圃,岸上晒萝卜。

小鱼堪饭饱,积雨未伤禾。

一九八一年十一月八日　新河散步写与汝祐

注　释

① 本篇原载《甓社珠光——高邮市文联十年成果集》,高邮市文联编印,1996
　年4月;后编入组诗《我的家乡在高邮——故乡诗吟》,初收《汪曾祺全集》
　第八卷,北京师范大学出版社,1998年8月。杨汝祐,1938年生,汪曾祺的
　舅表弟,时供职于高邮自来水厂。

同　　学①

同学少年发已苍，四方犹记共明窗。

红栏紫竹小亭子，绿柳黄牛隔岸庄。

村梢烟悬东门塔，野花雪放玫瑰香。

散学课余何处好，跳河比赛爬城墙。

熙元属　一九八一年十一月十八日

注　释

① 本篇原载《甓社珠光——高邮市文联十年成果集》，高邮市文联编印，1996
年4月；后编入组诗《我的家乡在高邮——故乡诗吟》，初收《汪曾祺全集》
第八卷，北京师范大学出版社，1998年8月。

应小爷命书[1]

汪家宗族未凋零,奕奕犹存旧巷名。

独羡小爷真淡泊,临河闲读南华经。

注　释

[1]　本篇原载《罴社珠光——高邮市文联十年成果集》,高邮市文联编印,1996
年4月;后编入组诗《我的家乡在高邮——故乡诗吟》,初收《汪曾祺全集》
第八卷,北京师范大学出版社,1998年8月。小爷系曙光中学退休教师汪
连生。

赠 汪 曾 荣[1]

开口谈宗族,五服情谊深。

寄身在市井,端是有心人。

(一九八一年十月)

注 释

[1] 本篇初收《汪曾祺全集》第十一卷,人民文学出版社,2019 年 1 月。汪曾荣,汪曾祺的同宗弟弟。

贺孙殿娣新婚①

夜深烛影长,花气百合香。

珠湖三十六,处处宿鸳鸯。

注 释

① 本篇见于苏北《汪曾祺的两首佚诗》,原载 2013 年 4 月 30 日《大公报》;初
收《汪曾祺全集》第十一卷,人民文学出版社,2019 年 1 月。孙殿娣,汪曾
祺表弟的内弟。

1982 年

季匋民自题《红莲花》图^①

红花莲子白花藕，果贩叶三是我师。
惭愧画家少见识，为君破例著胭脂。

注　释

① 本篇见于小说《鉴赏家》，原载《北京文学》1982 年第五期；初收《汪曾祺全集》第十一卷，人民文学出版社，2019 年 1 月。诗题系编者所拟。

川 行 杂 诗①（五首）

题 记

今年四月，应作协四川分会及四川人民出版社之邀，往游四川；经川西、川南、川中、川东诸地。车中默数游踪，得若干首。聊记见闻而已，意不在诗。

新都桂湖杨升庵祠

杨慎升庵，新都人，状元及第，以议大礼流云南，死，以赭衣葬。桂湖其少年读书处也，今建升庵祠。

老树婆娑弄旧枝，桂湖何代建新祠？
一种风流人尚说，状元词曲罪臣诗。

新 屋

新都、广汉、邛崃改变农村体制，农民富足，盖新屋者甚多，多为新式二层楼。新楼已成，旧草屋未拆，新旧对比画出一幅八十年代中国农村大转折的图画。

改体兼营工副农，买砖户户盖新屋。
且留旧屋看三年，好画人间歌与哭。

眉山三苏祠

三苏祠本苏氏宅,以宅为祠,东坡文云,"家有五亩之园",今略广,占地约八亩。祠中有井,云是苏氏旧物,今犹清凉可汲,东坡离家时,乡民植丹荔一株,欲待其归来共食。东坡远谪,日啖岭南荔枝三百枚,竟未及与乡人一尝其乡中佳果也。旧植丹荔已死,今所见者系明代补栽,亦枯萎,正在抢救。

当日家园有五亩,至今文字重三苏。
红栏旧井犹堪汲,丹荔重栽第几株?

过郭沫若同志旧宅

宅在沙湾场。瓦屋五进,颇低小。后有小园,隔墙可望绥山。园有绥山馆,是郭氏私塾,郭老幼年读书于此。"风笛""猿声",郭老少年别母诗中词句。

风笛猿声里,峨眉国士乡。
绥山香不足,投笔叫羲皇。

北温泉夜步

又傍春江作夜行,征尘洗尽一身轻。
叶密树高好月色,竹闲风静让泉声。
一处杜鹃啼不歇,何来桔柚散浓馨。
明朝又下渝州去,此是川游第几程?

注 释

① 本组诗原载《四川文学》1982年第七期;初收《汪曾祺全集》第八卷,北京师范大学出版社,1998年8月。其中《新都桂湖杨升庵祠》一首,又见于散

文《杜甫草堂·三苏祠·升庵祠》(原载《北京文学》1987年第五期)、《四川杂忆》(原载《四川文学》1992年第八期)、《北京的秋花》(原载1996年10月28日《北京晚宴》)、《杨慎在保山》(原载《大西南文学》1987年第十二期),文字略有改动。该诗在《杜甫草堂·三苏祠·升庵祠》中作:"桂湖老样弄新姿,湖上升庵旧有祠。一种风流谁得似?状元词曲罪臣诗。"《四川杂忆》《杨慎在保山》中除首句中"老样"作"老桂"外,其余与《杜甫草堂·三苏祠·升庵祠》同;在《北京的秋花》中,首句作"桂湖老桂发新枝",其余与另三篇散文中所引相同。

诗　四　首①

今年四月,应作协四川分会及四川人民出版社之邀,往游四川;经川西、川南、川中、川东诸地。车中默数游踪,得若干首。聊记见闻而已,意不在诗。

初入峨眉道中所见

乱石丛中泉择路,悬崖脚底豆开花。
红衣孺子牵黄犊,白发翁婆卖春茶。

自清音阁至洪椿坪

路依山为栈,山以树为形。
琴声十二里,泉水出山清。

宿洪椿坪夜雨早发

山中一夜雨,空翠湿人衣。
鸣泉声愈壮,何处子规啼?

媚　态　观　音

媚态观音,静美如好女子。
虽吴生手笔,难画其肌体。

像教度人,原有两种义。

或尚威慑,使人知所畏惧;

或尚感化,使人息其心意。

威猛慑人难,柔软感人易。

尔后佛像造形,

遂多取意于儿童少女。

少女无邪,儿童无虑,

即此便是佛意。我于是告天下人:

与其拜佛,不如膜拜少女!

注　释

① 本组诗原载《海棠》1982 年第三期;后编入《川行杂诗》,初收《汪曾祺全集》第八卷,北京师范大学出版社,1998 年 8 月。

哀　皇　城①

柳眠花重雨丝丝,劫后成都似旧时。

独有皇城今不见,刘张霸业使人思。

注　释

① 本篇见于散文《四川杂忆》,原载《四川文学》1992 年第八期;诗题据 1982
年 5 月 19 日致朱德熙信,初收《汪曾祺全集》第十二卷,人民文学出版社,
2019 年 1 月。皇城即成都;"刘张",指"文革"期间掌握四川实权的省革委
会副主任刘结挺、张西挺夫妇。

成 都 小 吃[①]

十载成都无小吃,年丰次第尽重开。

麻辣酸甜滋味别,不醉无归好汉来。(皆餐馆名)

注 释

① 本篇见于 1982 年 5 月 19 日致朱德熙信,初收《汪曾祺全集》第十二卷,人民文学出版社,2019 年 1 月。

离　　堆[①]

都江堰有离堆，
乐山有离堆，
截断连山分江水。
江水安流，
太守不归。
江水萧萧如鼓吹，
秦时明月照峨眉。

注　释

① 本篇见于 1982 年 5 月 19 日致朱德熙信，初收《汪曾祺全集》第十二卷，人
民文学出版社，2019 年 1 月。

宜宾流杯池①

山谷在川南,流连多意趣。

谁是与宴人,今存流杯处?

石刻化为风,传言难成据。

迁谪亦佳哉,能行万里路。

注　释

① 本篇见于 1982 年 5 月 19 日致朱德熙信,初收《汪曾祺全集》第十二卷,人民文学出版社,2019 年 1 月。

天　泉　洞[①]

泉来天外,天在地底。
千奇百怪,岂有此理。

注　释

① 本篇见于刘大如《大山的呼唤——兴文石海开发纪实》,天马图书出版公司,2010 年 11 月;初收《汪曾祺全集》第十一卷,人民文学出版社,2019 年 1 月。天泉洞,四川宜宾兴文县著名溶洞景点,在石林镇。

兴 文 石 海[①]

群峰如沸涌,石势欲滔天。

造化钟神秀,平生此壮观。

注 释

① 本篇见于刘大如《大山的呼唤——兴文石海开发纪实》,天马图书出版公
司,2010 年 11 月;初收《汪曾祺全集》第十一卷,人民文学出版社,2019 年
1 月。

泊　万　县①

岸上疏灯如倦眼,中天月色似怀人。

卧听舷边东逝水,江涛先我下夔门。

注　释

① 本篇原载《中国作家》1986 年第四期,又见于 1982 年 5 月 19 日致朱德熙信,文字略有改动;初收《汪曾祺全集》第八卷,北京师范大学出版社,1998 年 8 月。

天池雪水歌^①

明月照天山，雪峰淡淡蓝。

春暖雪化水流渐，流入深谷为天池。

天池水如孔雀绿，水中森森万松覆。

有时倒映雪山影，雪山倒影名如玉。

天池雪水下山来，快笑高歌不复回。

下山水如蓝玛瑙，卷沫喷花斗奇巧。

雪水流处长榆树，风吹白杨绿火炬。

雪水流处有人家，白白红红大丽花。

雪水流处小麦熟，新面打馕烤羊肉。

雪水流经山北麓，长宜子孙聚国族。

天池雪水深几许？储量恰当一年雨。

我从燕山向天山，曾度苍茫戈壁滩。

万里西来终不悔，待饮天池一杯水。

注　释

① 本篇见于散文《天山行色》，原载《北京文学》1983年第一期；初收《汪曾祺全集》第十一卷，人民文学出版社，2019年1月。

早发乌苏望天山^①

苍苍浮紫气,天山真雄伟。
陵谷分阴阳,不假皴擦美。
初阳照积雪,色如胭脂水。

注　释

① 本篇见于散文《天山行色》,原载《北京文学》第一期;初收《汪曾祺全集》
第十一卷,人民文学出版社,2019 年 1 月。

往霍尔果斯途中望天山^①

天山在天上，没在白云间。

色与云相似，微露数峰巅。

只从蓝襞褶，遥知这是山。

注　释

① 本篇见于散文《天山行色》，原载《北京文学》1983 年第一期；初收《汪曾祺
全集》第十一卷，人民文学出版社，2019 年 1 月。

雨晴，自伊犁往尼勒克车中望乌孙山[1]

一痕界破地天间，浅绛依稀暗暗蓝。
夹道白杨无尽绿，殷红数点女郎衫。

注　释

[1]　本篇见于散文《天山行色》，原载《北京文学》1983 年第一期，又见于张肇
思《不尽长河绕县行》，载《汪曾祺文学馆馆刊》2001 年 10 月 20 日第三期，
文字略有改动；初收《汪曾祺全集》第十一卷，人民文学出版社，2019 年
1 月。

尼 勒 克^①

山形依旧乌孙国,公主琵琶尚有声。
至今团聚十三族,不尽长河绕县行。

注　释

① 本篇见于散文《天山行色》,原载《北京文学》1983 年第一期,又见于张肇
思《不尽长河绕县行》,载《汪曾祺文学馆馆刊》2001 年 10 月 20 日第三期;
初收《汪曾祺全集》第十一卷,人民文学出版社,2019 年 1 月。诗题系编者
所拟。

尼勒克赠赵林[1]

白杨摇绿,苹果垂红。

六畜繁息,五谷丰登。

注　释

[1]　本篇见于张肇思《不尽长河绕县行》,原载《汪曾祺文学馆馆刊》2001 年 10
月 20 日第三期;初收《汪曾祺全集》第十一卷,人民文学出版社,2019 年 1
月。赵林,时任奎屯广电局局长。

自题菊花图①

种菊不安篱,任它恣意长。

昨夜落秋霜,随风自俯仰。

一九八二年十一月不是七日就是八日

时女儿汪明在旁瞎出主意

注　释

① 本篇据手迹编入;初收《汪曾祺书画集》,汪朗、汪明、汪朝编,2000 年 2 月。诗题系编者所拟。

游湖南桃花源①

一

红桃曾照秦时月,黄菊重开陶令花。
大乱十年成一梦,与君安坐吃擂茶。

二

修竹姗姗节子长,山中高树已经霜。
经霜竹子皆无语,小鸟啾啾为底忙?

三

山下鸡鸣相应答,林间鸟语自高低。
芭蕉叶响知来雨,已觉清流涨小溪。

注　释

① 本组诗见于散文《湘行二记·桃花源记》,原载《芙蓉》1983 年第四期;初
　收《汪曾祺自选集》,漓江出版社,1987 年 10 月,文字略有改动。诗题据
　1983 年 2 月作者所作菊花图。

寿沈从文先生八十[①]

犹及回乡听楚声，此身虽在总堪惊。
海内文章谁是我，长河流水浊还清。
玩物从来非丧志，著书老去为抒情。
避寿瞒人贪寂寞，小车只顾走辚辚。

注　释

① 本篇见于弘征《我与汪曾祺的诗缘》，原载 1998 年 12 月 18 日《解放日报》；初收《永远的汪曾祺》，上海远东出版社，2008 年 5 月。

戏 赠 宗 璞^①

壮游谁似冯宗璞,打伞遮阳过太湖。

却看碧波千万顷,北归流入枕边书。

注　释

① 本篇见于宗璞散文《三幅画》,原载《钟山》1988 年第五期;初收《汪曾祺全
集》第十一卷,人民文学出版社,2019 年 1 月。时汪曾祺与女作家宗璞共
同参加《钟山》编辑部主办的太湖笔会。

1983 年

自题画作《偶写家乡楝实》[1]

轻花淡紫殿余春,结实离离秋已深。
倒挂西风鸦不食,绿珠一树雪封门。

注 释

[1] 本篇初收《汪曾祺全集》第十一卷,人民文学出版社,2019 年 1 月。画藏高邮汪曾祺故居。

菏 泽 牡 丹^①

造化师人意,春秋在畚锸。

曹州天下奇,红粉黄金甲。

注　释

① 本篇见于散文《菏泽游记》,原载《北京文学》1983 年第十期;初收《汪曾祺全集》第十一卷,人民文学出版社,2019 年 1 月。诗题系编者所拟。

梁　　山[①]

远闻钜野泽,来上宋江山。

马道横今古,寨墙积暮烟。

旧址颇茫渺,遗规尚俨然。

何当觇杏帜,舟渡蓼花滩。

(一九八三年四月二十四日)

注　释

① 本篇见于散文《菏泽游记》,原载《北京文学》1983 年第十期;初收《汪曾祺
全集》第十一卷,人民文学出版社,2019 年 1 月。诗题系编者所拟。

登 大 境 门[1]

云涌张家口,风吹大境门。
崇岭围南北,边墙横古今。
战守经千载,丸泥塞万军。
欲问兴亡意,烽台倚夕曛。

注 释

[1] 本篇原载《浪花》1983 年第三期;初收《汪曾祺诗联品读》,金实秋编,大众
文艺出版社,2009 年 4 月。

重来张家口，读《浪花》小说有感①

我昔为迁客，学稼兼学圃，
往来坝上下，曾历三寒暑。
或绑葡萄条，或锄玉蜀黍，
插秧及背稻，汗下如蒸煮。
偶或弄彩墨，谱画马铃薯，
坐对一丛花，眸子炯如虎。
人或谓饴甘，我不厌荼苦，
身虽在异乡，亲之如故土。
唯恨文采输，佳作寥可数，
思之亦萦梦，浪花何日舞。
今我来旧地，披读才三五。
矍然喜且惊，篇半珠光吐。
如怀良苗新，已觉雏凤鸶，
崛起期有日，太息肠可拊。
谁是育苗人，作此春风雨。

一九八三年六月廿一日　走笔于张家口

注　释

① 本篇原载《浪花》1983 年第三期；初收《汪曾祺诗联品读》，金实秋编，大众
文艺出版社，2009 年 4 月。

重来张家口[①]

北国山河壮,西窗客思深。

重来迁谪地,转能觉相亲。

一九八三年六月廿二日

注　释

① 本篇初收《汪曾祺诗联品读》,金实秋编,大众文艺出版社,2009 年 4 月。

重过沙岭子①

二十三年弹指过，悠悠临水过洋河。

风吹杨树加拿大，雾湿葡萄波尔多。

白发故人还相识，谁家稚子学唱歌。

曾历沧桑增感慨，相期更上一层坡。

离开此地已二十三年矣！晤诸旧识，深以为快。

一九八三年六月廿三日

注　释

① 本篇初收《汪曾祺诗联品读》，金实秋编，大众文艺出版社，2009 年 4 月。

题冬日菊花①

新沏清茶饭后烟,自搔短发负晴暄。
枝头残菊开还好,留得秋光过小年。

注　释

① 本篇见于《〈晚饭花集〉自序》,原载《读书》1983 年第一期,又见于散文《自
得其乐》,原载《艺术世界》1992 年第一期;初收《汪曾祺全集》第十一卷,
人民文学出版社,2019 年 1 月。诗题系编者所拟。

徐州放鹤亭口占^①

放鹤亭犹在,鹤飞何处山。

山下多来者,常怀苏子瞻。

(一九八三年十一月底)

注　释

① 本篇据手迹编入。

花　果　山^①

刻舟胶柱真多事，传说何妨姑妄言。
满纸荒唐《西游记》，人间幻境花果山。

注　释

① 本篇见于散文《人间幻境花果山》，原载《连云港文学》1984 年第一期；初
收《汪曾祺全集》第十一卷，人民文学出版社，2019 年 1 月。诗题系编者
所拟。

1984 年

一九八三年除夕子时戏作[1]

六十三年辞我去,飘然消逝入苍微。
此夜欣逢双甲子,何曾惆怅一丁儿。
秋花不似春花落,黄鸟时兼白鸟飞。
敢与诸君争席地,从今泻酒戒深杯。

注 释

[1] 本篇作于 1984 年 2 月 1 日,次日(春节)自题于菊花图上,后曾多次题画、抄示好友,略有改动,第二句又作"随风飘逝入苍霏";初收《汪曾祺书画集》,汪朗、汪明、汪朝编,2000 年 2 月。

题《长篇小说报》①

久闻燕赵士,慷慨能悲歌。

花山花熠熠,硕果满青柯。

应花山出版社长篇小说报属

注　释

① 本篇原载《长篇小说报》1984 年 7 月第一期封二;初收《汪曾祺全集》第十一卷,人民文学出版社,2019 年 1 月。

桑　植[1]

咏　贺　龙

龙飞桑植乡，欲为天下雨。
鳞甲遭摧折，哀哉遽如弥。

咏　贺　湘

贺门多女杰，质比雪霜洁。
血飞桑鹤山，澧水浪千叠。

（一九八四年八月）

注　释

[1] 这两首据手迹编入;初收《汪曾祺全集》第十一卷,人民文学出版社,2019
年1月。诗题系编者所拟。

1985 年

好 事 近[①]

佳期近也呵,正值芒种时节。绕屋扶疏绿树,恰上弦新月。

彼此风华正茂时,两情相欢悦。同捡图书满架,不羡双飞蝶。

应王欢 爱萍 属书 一九八五年

注 释

① 本篇据手迹编入。王欢,北京大学口腔医院医生,多次为作者治牙。

1986 年

为宗璞画牡丹并题^①

人间存一角，聊放侧枝花。
临风亦自得，不共赤城霞。

注　释

① 本篇见于宗璞散文《三幅画》，原载《钟山》1988 年第五期，又见散文《自得
其乐》，文字略有改动，原载《艺术世界》1992 年第一期；初收《汪曾祺全
集》第十一卷，人民文学出版社，2019 年 1 月。诗题系编者所拟。

北岳文艺出版社通俗文学讨论会
在常德召开,即席口占^①

北岳谈文到南岳,巴人也可唱阳春。

渔父屈原相视笑,两昆仑是一昆仑。

（一九八六年五月二十六日）

注　释

① 本篇见于散文《索溪峪》,原载《桃花源》1987 年第 1—2 期（总第四十一期）;初收《汪曾祺全集》第十一卷,人民文学出版社,2019 年 1 月。诗题系编者所拟。

题 黄 龙 洞[①]

索溪峪自索溪峪,何必津津说桂林。

谁与风光评甲乙,黄龙石笋正生孙。

(一九八六年五月二十九日)

注 释

① 本篇见于散文《索溪峪》,原载《桃花源》1987 年 1—2 期(总第四十一期);初收《汪曾祺全集》第十一卷,人民文学出版社,2019 年 1 月。诗题系编者所拟。

宝 峰 湖①

一鉴深藏锁翠微,移来三峡四周围。

游船驶入青山影,惊起鸳鸯对对飞。

(一九八六年五月三十日)

注 释

① 本篇见于散文《索溪峪》,原载《桃花源》1987 年 1—2 期(总第四十一期);
初收《汪曾祺全集》第十一卷,人民文学出版社,2019 年 1 月。诗题系编者
所拟。

贺家乡文联成立^①

风流千古说文游,烟柳隋堤一望收。

座上秦郎今在否,与卿同泛罴湖舟。

(一九八六年六月)

注　释

① 本篇原载《罴社珠光——高邮市文联十年成果集》,高邮市文联编印,1996
年 4 月;后编入组诗《我的家乡在高邮——故乡诗吟》,初收《汪曾祺全集》
第八卷,北京师范大学出版社,1998 年 8 月。

自题水仙图[1]

玉作精神水作魂，一年春尽一年春。
写罢搔头无处寄，令人却忆赵王孙。

（一九八六年八月）

注　释

① 本篇原载《中国当代作家书画作品集》，海峡文艺出版社，1994 年 2 月；初
收《汪曾祺全集》第十一卷，人民文学出版社，2019 年 1 月。

书贺《作家》创刊三十年^①

清影珊珊小叶杨,繁花簇簇紫丁香。

卅年风雨春犹在,待看长春春更长。

长春昔日路边皆植小叶杨树,丁香花甚多,今犹如此否?

一九八六年七月 北京

注　释

① 本篇原载《作家》1986 年第十期;初收《汪曾祺全集》第八卷,北京师范大学出版社,1998 年 8 月。

毓珉治印歌^①

少年刻印换酒钱，润例高悬五华山。

非秦非汉非今古，放笔挥刀气如虎。

四十年来劳案牍，钢刀生锈铜生绿。

十年大乱幸苟全，谁复商量到管弦？

即今宇内承平日，当年豪气未能遏。

浪游迹遍江湖海，偶逢佳石倾囊买。

少年积习未能消，老眼酒酣再奏刀。

晚岁渐于诗律细，摹古时时出新意。

亦秦亦汉亦文何，方寸青田大天地。

大巧若拙见精神，自古金石能寿人。

毓珉治印，自成一家，奔放蕴藉间有之。承画二方，均其佳，戏作短歌为谢。

一九八六年十月

注　释

① 本篇原载《汪曾祺书画集》，汪朗、汪明、汪朝编，2000 年 2 月；初收《汪曾祺诗联品读》，金实秋编，大众文艺出版社，2009 年 4 月。毓珉，指杨毓珉（1919—1998），汪曾祺西南联大同学，在《芦荡火种》《沙家浜》《杜鹃山》创作过程中多次与汪曾祺合作，曾任《戏剧电影报》主编。

贺政道校友六十寿辰兼宇称
不守恒定律发现三十年[1]

三十年前三十岁，回头定不负滇池。

学承牛爱陈新意，梦绕巴黔忆故枝。

先墓犹存香雪海，儿孙解读宋唐诗。

即今宇内承平日，正待先生借箸时。

西南联大校友会贺 汪曾祺缀句并书 一九八六年十月 北京

注　释

[1]　本篇初收《汪曾祺全集》第八卷，北京师范大学出版社，1998 年 8 月。李政
　　道，西南联大校友，美籍华人物理学家，1957 年诺贝尔物理学奖获得者。
　　1986 年 11 月 25 日是其 60 岁生日。

赠 许 荫 章 [1]

相交少年时,上课曾同桌。

君未出闾里,我则似萍泊。

君已为良医,我从事写作。

如今俱老矣,所幸犹矍铄。

何时一樽酒,与君细斟酌。

注 释

[1] 本篇见于许长生《我与汪曾祺》,原载《高邮文史资料》第十七期,高邮市政协文史和学习委员会编,2001 年 12 月;初收《汪曾祺全集》第十一卷,人民文学出版社,2019 年 1 月。许荫章(许长生),汪曾祺在高邮县立五小高年级时的同学,后从医。

1987 年

贺路翎重写小说[1]

劫灰深处拨寒灰，谁信人间二度梅。

拨尽寒灰翻不说，枝头窈窕迎春晖。

（一九八七年一月十四日）

注　释

[1] 本篇见于散文《贺路翎重写小说》，原载 1987 年 2 月 24 日《人民日报》；初收《汪曾祺全集》第十一卷，人民文学出版社，2019 年 1 月。诗题系编者所拟。路翎（1923—1994），"七月"派作家。1955 年受"胡风案"牵连，身心遭严重摧残。1979 年重返文坛，小说《钢琴学生》（载《人民文学》1987 年第一、二期合刊），被认为是"恢复了艺术感觉"的作品。

元　宵①

一事胜人堪自笑,年年生日上元灯。

春回地暖融新雪,老去文思忆旧情。

欲动人心无小补,不图海外博虚名。

清时独坐饶滋味,幽草河边渐渐生。

注　释

① 本篇原载 1987 年 2 月 8 日《光明日报》"东风"副刊;初收《汪曾祺全集》第
　　八卷,北京师范大学出版社,1998 年 8 月。

六十七岁生日自寿[1]

尚有三年方七十,看花犹喜眼双明。

劳生且读闲居赋,少小曾谙陋室铭。

弄笔偶成书四卷,浪游数得路千程。

至今仍作儿时梦,自在飞腾遍体轻。

(一九八七年二月十二日)

注　释

① 本篇初收《汪曾祺书画集》,汪朗、汪明、汪朝编,2000 年 2 月。

泼 水 归 来[①]

泼水归来日未曛,散抛锥栗入深林。
铓锣象鼓声犹在,缅桂梢头晾筒裙。

(一九八七年四月十二日)

注　释

① 本篇见于散文《滇游新记·泼水节印象》,原载《滇池》1987 年第八期;初
收《汪曾祺诗联品读》,金实秋编,大众文艺出版社,2009 年 4 月。

赠 韩 映 山 [1]

冀北淀中水,滇南山上花。
研作一池墨,好图万里家。

(一九八七年四月)

注 释

[1] 本篇初收《汪曾祺全集》第十一卷,人民文学出版社,2019 年 1 月。诗题系编者所拟。受赠人可能系同为中国作协访滇代表团成员的河北"荷花淀"派代表韩映山(1933—1998)。

题赠[①]（本为燕赵客）

本为燕赵客，惯食凉州瓜。

朔风吹白草，高卧听鸣沙。

（一九八七年四月）

注　释

① 本篇初收《汪曾祺全集》第十一卷，人民文学出版社，2019 年 1 月。诗题系
编者所拟。受赠人不详，似为某河北籍甘肃人士。

题腾冲和顺图书馆①

海外千程路,楼中万卷书。

哲士何尝萎,余风在里闾。

(一九八七年四月十八日)

注 释

① 本篇初收《汪曾祺全集》第十一卷,人民文学出版社,2019 年 1 月。诗题系
编者所拟。和顺图书馆建于 1928 年,是著名的乡村图书馆,也是腾冲文化
景点,内有诸多文化名人题字。

广 西 杂 诗 ^①

桂　　林（一）

山皆奇特如盆景，水尽温柔似女郎。
山水真堪天下甲，桂林小住不思乡。

桂　　林（二）

谁人叠出桂林山，和尚石涛酒后禅。
大绿浓青都泼尽，更余淡墨作云烟。

桂　　林（三）

漓江水似碧琉璃，两岸连山处处奇。
如此风光谁道得，桂林虽好不吟诗。

桂　　林（四）

不到广西画石涛，东涂西抹总皮毛。
并非和尚画山水，乃是云山画石涛。

桂　　林（五）

描摹清景入新词,烟雨漓江欲霁时。
待寄所思无一字,桂林宜画不宜诗。

南　　宁（一）

遍地花开香豆蔻,沿街树种蜜菠萝。
邕州人物何清雅,日啖荔枝三百颗。

南　　宁（二）

芭蕉叶大荔枝红,香惹晨岚向晚风。
绿树窗前多不识,去来只惜太匆匆。

一九八七年六月

桂林·南宁·北京

注　释

① 本组诗原载《广西文学》1987 年第九期,其中《桂林（二）》又见于津子围
《更余淡墨出烟岚——忆汪曾祺先生》,载 1997 年 6 月 21 日《大连日报》,
文字略有改动;初收《汪曾祺全集》第八卷,北京师范大学出版社,1998 年
8 月。

题赠[①](山水甲天下)

山水甲天下,文章近若何?

会看挥椽笔,淋漓朱墨多。

(一九八七年六月)

注　释

① 本篇初收《汪曾祺全集》第十一卷,人民文学出版社,2019 年 1 月。诗题系
　编者所拟。

广　　西^①

何年始开土,至今余铜鼓。

炎方草木深,万物易孳乳。

柳州文字奇,壮族娴歌舞。

流风岂消歇,十月花先吐。

(一九八七年六月)

注　释

① 本篇初收《汪曾祺全集》第十一卷,人民文学出版社,2019 年 1 月。诗题系
编者所拟。

邕　江[①]

桥上看邕江,园中识豆蔻。
北客到南疆,馨香盈两袖。

（一九八七年六月）

注　释

① 本篇初收《汪曾祺全集》第十一卷,人民文学出版社,2019 年 1 月。诗题系
编者所拟。

贺保罗·安格尔七十九岁生日[①]

安寓堪安寓[②],秋来万树红,

此间何人住?天地一诗翁。

此翁真健者,鹤发面如童。

才思犹俊逸,步态不龙钟。

心闲如静水,无事亦匆匆:

弯腰拾山果,投食食浣熊。

大笑时拍案,小饮自从容。

何物同君寿?南山顶上松。

注　释

① 本篇见于 1987 年 10 月 12 日致施松卿信,初收《汪曾祺全集》第八卷,北京师范大学出版社,1998 年 8 月。保罗·安格尔(Paul Engle,1908—1991),美国诗人,美籍华裔女作家聂华苓的丈夫,爱荷华大学国际写作计划的创办者。

② 他家的门上钉了一块铜牌,刻字两行,上面一行是 Engle,下面是中文的"安寓"。

题四川兴文竹海图[1]

竹林如大海,弥望皆苍然。
枝繁隔鸟语,叶密藏炊烟。
人输玉兰片,仍用青竹担。
儿童生嚼笋,滋味似蔗甘。

注　释

[1]　本篇原载《汪曾祺书画集》,汪朗、汪明、汪朝编,2000 年 2 月;初收《汪曾祺
　　　诗联品读》,金实秋编,大众文艺出版社,2009 年 4 月。

1988 年

田　园　庄[①]

　　东北望,西北望,四望何空旷。莽苍苍,古战场,遥想铁铠飞锽,重营叠嶂。今俱往,韩昌六郎。但平芜尽处,柳梢青,春荡漾,杳杳见扶桑。

应田园庄属　一九八八年三月

注　释

① 本篇初收《汪曾祺全集》第十一卷,人民文学出版社,2019 年 1 月。田园庄,北京西北旺田园庄饭店。

寿马少波同志七十[1]

红花岁岁炫颜色,青史滔滔唱海桑。

信是明妍天下甲,西厢双至咏西厢。

(一九八八年三月)

注 释

[1] 本篇见于散文《退役老兵不"退役"》,原载《作家》1988 年第七期;初收《汪
曾祺全集》第十一卷,人民文学出版社,2019 年 1 月。马少波(1918—
2009),戏剧家,曾任中国戏曲研究院副院长、中国京剧院副院长等职。

题《云冈》杂志创刊 30 周年[①]

大哉云冈佛,奇绝悬空寺,

平城好水土,执笔多佳士。

注 释

① 本篇原载 1988 年 4 月 30 日《大同日报》。

自 题 小 像[①]

近事模糊远事真,双眸犹幸未全昏。

衰年变法谈何易,唱罢莲花又一春。

（一九八八年十二月二十五日）

注　释

① 本篇原载《三月风》1989 年第一期;后编入《题丁聪画我》,初收《汪曾祺全
集》第八卷,北京师范大学出版社,1998 年 8 月。小像,丁聪为作者所画漫
画头像。

1989 年

呈 范 用[1]

忽忆童年春节,兼欲与友人述近况,权当拜年

醒来惊觉纸窗明,雪后精神特地清。

瓦缶一枝天竹果,瓷瓶百沸去年冰。

似曾相识迎宾客,无可奈何罢酒钟。

咬得春盘心里美,题诗作画不称翁。

(一九八九年一月三十日)

注　释

[1]　本篇见于范用《曾祺诗笺》,原载 1999 年 3 月 27 日《新民晚报》;初收《汪曾祺诗联品读》,金实秋编,大众文艺出版社,2009 年 4 月。诗题系编者所拟。

我为什么写作①

我事写作,原因无他:

从小到大,数学不佳。

考入大学,成天"泡茶",②

读中文系,看书很杂。

偶写诗文,幸蒙刊发。

百无一用,乃成作家。

弄笔半纪③,今已华发,

成就甚少,无可矜夸。

有何思想? 实近儒家。

人道其里,抒情其华。

有何风格? 兼容并纳。

不今不古,文俗则雅。

与人无争,性颇通达。

如此而已,实在呒啥。

(一九八九年三月七日)

注　释

① 本篇原载 1989 年 4 月 11 日《新民晚报》;初收《汪曾祺全集》第八卷,北京师范大学出版社,1998 年 8 月。

② 我在西南联大时,每天坐茶馆,当时叫做"泡茶馆"。我看的杂书,多半是在茶馆里看的。我这个作家,实是在茶馆里"泡"出来的。

③ 我 20 岁开始发表作品,到现在差不多有半个世纪了。

赠星云大师^①

出家还在家，含笑指琼花。

慈悲千万户，天地一袈裟。

（一九八九年三月三十一日）

注　释

① 本篇见于张培耕《大陆探亲弘法之旅》，原载《佛宗万里记游》，台湾佛光出版社，1992 年；初收《汪曾祺诗联品读》，金实秋编，大众文艺出版社，2009 年 4 月。另有手迹第二句作："笑拈波罗花"。释星云，台湾佛光山寺创始人、住持。

秦少游读书台①

柳花帆影草如茵,遗踪苍茫尚可寻。

遥想凭栏把卷处,吟诗犹是旧乡音。

(一九八九年五月)

注　释

① 本篇原载《甓社珠光——高邮市文联十年成果集》,高邮市文联编印,1996
年4月;后编入组诗《我的家乡在高邮——故乡诗吟》,初收《汪曾祺全集》
第八卷,北京师范大学出版社,1998年8月。

为《珠湖春汛》报告文学集题词①

珠湖春汛近如何,缩项鳊鱼价几多。

唯愿吾民堪鼓腹,百舟载货出漕河。

注 释

① 本篇原载《珠湖春汛》,高邮市文联编印,1989 年 7 月,又载《甓社珠光——高邮市文联十年成果集》,高邮市文联编印,1996 年 4 月;后编入组诗《我的家乡在高邮——故乡诗吟》,初收《汪曾祺全集》第八卷,北京师范大学出版社,1998 年 8 月。

题漳州八宝印泥厂①

天外霞,石榴花。
古艳流千载,清芬入万家。

(一九八九年十二月)

注　释

① 本篇见于散文《初访福建·漳州》,原载 1990 年 4 月 21 日、28 日《中国旅游报》;初收《汪曾祺全集》第十一卷,人民文学出版社,2019 年 1 月。

1990 年

七十书怀出律不改①

悠悠七十犹耽酒，唯觉登山步履迟。

书画萧萧余宿墨，文章淡淡忆儿时。

也写书评也作序，不开风气不为师。

假我十年闲粥饭，未知留得几囊诗。

（一九九〇年二月十日）

注　释

① 本篇见于散文《七十书怀》，原载《现代作家》1990 年第五期；初收《汪曾祺全集》第十一卷，人民文学出版社，2019 年 1 月。

赠 赵 本 夫[①]

人来人往桃叶渡,风停风起莫愁湖。

相逢屠狗毋相迓,依旧当年赵本夫。

注　释

① 本篇见于赵本夫《汪先生》,原载 1997 年 5 月 29 日《扬子晚报》;初收《汪
曾祺诗联品读》,金实秋编,大众文艺出版社,2009 年 4 月。赵本夫,作家。

题《百味斋日记》①

轻霜渐觉秋菘熟,细雨微间蒲笋滋。

日日清时皆有味,岂因租吏便无诗。

注　释

① 本篇原载自牧《人生品录——百味斋日记》,山东文艺出版社,1993 年 10 月;初收《汪曾祺诗联品读》,金实秋编,大众文艺出版社,2009 年 4 月。

1991 年

辛未新正打油[①]

宜入新春未是春，残笺宿墨隔年人。

屠苏已禁浮三白，生菜犹能簇五辛。

望断梅花无信息，看他桃偶长精神。

老夫亦有闲筹算，吃饭天天吃半斤。

注 释

① 本篇见于 1991 年 2 月 15 日致范用信，初收《汪曾祺全集》第八卷，北京师范大学出版社，1998 年 8 月。

七 十 一 岁^①

七十一岁弹指耳,苍苍来径已模糊。
深居未厌新感觉,老学闲抄旧读书。
百镒难求罪己诏,一钱不值升官图。
元宵节也休空过,尚有风鸡酒一壶。

注 释

① 本篇见于 1991 年 2 月底致范用信,初收《汪曾祺全集》第八卷,北京师范大
学出版社,1998 年 8 月。

昆　　明[①]

羁旅天南久未还,故乡无此好湖山。

长堤柳色浓如许,觅我游踪五十年。

(一九九一年四月初)

注　释

① 本篇见于散文《觅我游踪五十年》,原载《女声》1991 年第八期;初收《汪曾祺全集》第十一卷,人民文学出版社,2019 年 1 月。诗题据手迹。

犹是云南朝暮云[1]

犹是云南朝暮云,笳吹弦诵有余音。
莲花池畔芊芊草,绿遍天涯几度春。

(一九九一年四月初)

注　释

[1]　本篇见于先燕云《觅我游踪五十年——汪曾祺印象》,原载《那方山水》,云南人民出版社,1994 年 8 月;初收《汪曾祺诗联品读》,金实秋编,大众文艺出版社,2009 年 4 月。诗题系编者所拟。

红　塔　山[①]

玉溪好风日,兹土偏宜烟。

宁减十年寿,不忘红塔山。

(一九九一年四月八日)

注　释

① 本篇见于散文《烟赋》,原载《十月》1991 年第四期;初收《汪曾祺全集》第
十一卷,人民文学出版社,2019 年 1 月。诗题系编者所拟。红塔山,云南
玉溪烟厂生产的名牌香烟。

戏 赠 高 伟①

湛湛两泓秋水眼,深深一片护胸毛。

沙滩自有安眠处,不逐滩头上下潮。

(一九九一年四月)

注 释

① 本篇见于李迪《红红的土地高高的山》,原载《十五日夜走滇境》,华龄出版
社,1996 年 7 月;初收《汪曾祺全集》第十一卷,人民文学出版社,2019 年 1
月。诗题系编者所拟。高伟,时任中国作家协会创联部干事,与作者一同
赴滇参加"红塔山笔会"。

调　林　栋[1]

踏破崎岖似坦途,论交结客满江湖。

唇如少女眼儿媚,固是昂藏一丈夫。

（一九九一年六月）

注　释

[1]　本篇见于李林栋《诗缘》,载 1992 年 5 月 22 日《北京日报》(内部试刊);初
收《汪曾祺全集》第十一卷,人民文学出版社,2019 年 1 月。林栋,李林栋,
时任《中国企业家》杂志编委,中国作协"红塔山笔会"活动策划人。本篇
作于 1991 年 4 月笔会期间。

戏 赠 李 迪[①]

草帽已成蕉叶破,倭衫犹似菜花黄。
几度泼湿吉祥水,本性轻狂转更狂。

(一九九一年四月)

注 释

① 本篇见于先燕云《觅我游踪五十年——汪曾祺印象》,原载《那方山水》,云南人民出版社,1994 年 8 月;又载《十五日夜走滇境》,华龄出版社,1996 年 7 月,文字略有改动。初收《汪曾祺诗联品读》,金实秋编,大众文艺出版社,2009 年 4 月。李迪,时任《商品与质量》周刊总编辑。

致 朱 德 熙[①]

梦中喝得长江水,老去犹为孺子牛。

陌上花开今一度,翩然何日复归休?

注　释

① 本篇见于1991年5月4日致朱德熙信,原载何孔敬《长相思——朱德熙其人》;初收《汪曾祺诗联品读》,金实秋编,大众文艺出版社,2009年4月。朱德熙(1920—1992),古文字学家、语言学家,作者西南联大同学。

戏 束 斤 澜①

编修罢去一身轻,愁听青词诵道经。

几度随时言好事,从今不再误苍生。

文章也读新潮浪,古董唯藏旧酒瓶。

且吃小葱拌豆腐,看他五鼠闹东京。

注　释

① 本篇见于程绍国《林斤澜说》,人民文学出版社,2006 年 12 月;初收《汪曾祺诗联品读》,金实秋编,大众文艺出版社,2009 年 4 月。林斤澜(1923—2009),作家,1986 年 4 月起担任《北京文学》主编,1990 年 6 月卸任。

泰 山 归 来 [1]

我从泰山归,携归一片云。
开匣忽相视,化作雨霖霖。

(一九九一年七月)

注　释

① 本篇见于散文《泰山片石》,原载《绿叶》1992 年第一期(创刊号);初收《汪曾祺全集》第十一卷,人民文学出版社,2019 年 1 月。诗题系编者所拟。

为张抗抗画牡丹并题[①]

看朱成碧且由他,大道从来直似斜。

见说洛阳春索寞,牡丹拒绝著繁花。

(一九九一年初秋)

注　释

① 本篇见于散文《自得其乐》,原载《艺术世界》1992 年第一期;初收《汪曾祺全集》第十一卷,人民文学出版社,2019 年 1 月。女作家张抗抗曾作文《牡丹的拒绝》,由此引发作者作画题诗。

赠 张 守 仁①

独有慧心分品格，不随俗眼看文章。

归来多幸蒙闺宠，削得生梨浸齿凉。

（一九九一年秋）

注　释

① 本篇见于张守仁《最后一位文人作家汪曾祺》，原载《美文》2005 年第五期；初收《汪曾祺诗联品读》，金实秋编，大众文艺出版社，2009 年 4 月。诗题系编者所拟。张守仁，时任《十月》副主编。

高 邮 中 学^①

红亭紫竹觅遗踪,此是当年赞化宫。
绛帐风流今胜昔,一堂济济坐春风。

(一九九一年十月)

注 释

① 本篇原载《毗社珠光——高邮市文联十年成果集》,高邮市文联编印,1996
年4月;后编入组诗《我的家乡在高邮——故乡诗吟》,初收《汪曾祺全集》
第八卷,北京师范大学出版社,1998年8月。

回乡书赠母校诸同学①

乡音已改发如蓬,梦里频年记故踪。
疏钟隐隐承天寺,杨柳依依赞化宫。
半世未忘来旧雨,一堂今日坐春风。
高邮湖水深如许,待看长天万里鹏。

(一九九一年十月)

注　释

① 本篇原载《甓社珠光——高邮市文联十年成果集》,高邮市文联编印,1996
　年4月;后编入组诗《我的家乡在高邮——故乡诗吟》,初收《汪曾祺全集》
　第八卷,北京师范大学出版社,1998年8月。母校,指作者初中时曾就读
　的高邮中学。

赠　文　联^①

国士秦郎此故乡,西楼乐府曲中王。
江山代有才人出,不负神珠罍射光。

(一九九一年十月)

注　释

① 本篇原载《罍社珠光——高邮市文联十年成果集》,高邮市文联编印,1996
　年4月;后编入组诗《我的家乡在高邮——故乡诗吟》,初收《汪曾祺全集》
　第八卷,北京师范大学出版社,1998年8月。文联,即高邮市文联。

高邮王氏纪念馆①

皓首穷经眼欲枯,自甘寂寞探龙珠。

清芬谁继王家学②,此福高邮世所无。

(一九九一年十月)

注　释

① 本篇与《北海谣》《虎头鲨歌》《为高邮市政协礼堂写六尺宣纸大字》《水
乡》《镇国塔偈》《宋城残迹》《文游台》《盂城驿》《王家亭》《佛寺》《忆荷花
亭吃茶》共十二首诗,以"回乡杂咏"为题,原载《雨花》1992 年第二期;初
收《汪曾祺全集》第八卷,北京师范大学出版社,1998 年 8 月。本篇又载
《甓社珠光——高邮市文联十年成果集》,高邮市文联编印,1996 年 4 月,
诗题有改动。

② 高邮王念孙、引之父子为乾嘉大儒,精训诂小学,解经不循旧说,多新义。
其家在高邮称为"独旗杆王家"。纪念馆乃因其旧第少加修葺,朴素无华,
存王家风貌,可钦喜也。

北　海　谣①

——题北海大酒店②

家近傅公桥,未闻有北海。

突兀见此屋,远视东塔矮。

开轩揖嘉宾,风月何须买。

翠釜罗鳊白,金盘进紫蟹。

酒酣挂帆去,珠湖云霭霭。

（一九九一年十月）

注　释

① 参见本书《高邮王氏纪念馆》注①。

② 北海大酒店在傅公桥。我上初中时,来去均从桥上过,未闻有所谓北海也。傅公桥本为郊坰,今高邮向东拓展,北海已为市中心矣。

虎 头 鲨 歌①

苏州嘉鱼号塘鳢,苏人言之颜色喜。

塘鳢果是何物耶? 却是高邮虎头鲨。

此物高邮视之贱,杂鱼焉能登席面!

虎头鲨味固自佳,嫩比河鲀鲜比虾。

最好清汤烹活火,胡椒滴醋紫姜芽。

酒足饭饱真口福,只在寻常百姓家。

(一九九一年十月)

注 释

① 参见本书《高邮王氏纪念馆》注①。

为高邮市政协礼堂写六尺宣纸大字^①

万家井灶，

十里垂杨。

有耆旧菁英，

促膝华堂。

茗碗谈笑间，

看政通人和，

物阜民康。

（一九九一年十月）

注　释

① 参见本书《高邮王氏纪念馆》注①。

赠 符 宗 乾^①

喜二十四桥明月,桥下长流,不须骑鹤,便在扬州。

(一九九一年十月七日)

注 释

① 本篇见于朱延庆《汪曾祺在扬州》,原载《三立集(续集)》,大众文艺出版
社,2006 年 9 月;初收《汪曾祺诗联品读》,金实秋编,大众文艺出版社,
2009 年 4 月。符宗乾,时任扬州市政协主席。

赠 黄 扬[1]

城外栽花城内柳,怕风狂雨骤,万家哀乐,都在心头。

(一九九一年十月七日)

注 释

[1] 本篇见于朱延庆《汪曾祺在扬州》,原载《三立集(续集)》,大众文艺出版社,2006年9月;初收《汪曾祺诗联品读》,金实秋编,大众文艺出版社,2009年4月。黄扬,时任扬州市政协副主席。

如梦令·赠黄石盘[1]

二十四桥明月,二十三万人口,知否知否,不是旧日扬州。二分明月,四面杨柳,拼得此生终不悔,长住扬州。

(一九九一年十月七日)

注　释

[1]　本篇见于朱延庆《汪曾祺在扬州》,原载《三立集(续集)》,大众文艺出版社,2006 年 9 月;初收《汪曾祺诗联品读》,金实秋编,大众文艺出版社,2009 年 4 月。黄石盘,时任扬州市政协秘书长。

咏 文 两 首①

通俗难能在脱俗,佳奇第一是文章。
十年辛苦风吹雨,听取渔樵话短长。

文章或有山林意,余事焉能作画师。
宿墨残笔遣兴耳,更无闲空买胭脂。

（一九九一年十月）

注 释

① 本篇原载《罳社珠光——高邮市文联十年成果集》,高邮市文联编印,1996
年 4 月;后编入组诗《我的家乡在高邮——故乡诗吟》,初收《汪曾祺全集》
第八卷,北京师范大学出版社,1998 年 8 月。

咏杭州赠正纶同志[①]

桃柳杭州无恙否，当年风物尚如初。

虎跑泉泡新龙井，楼外楼中带把鱼。

正纶同志嘱

（一九九一年秋）

注　释

① 本篇原载 2013 年 4 月 8 日《钱江晚报》；初收《汪曾祺全集》第十一卷，人民文学出版社，2019 年 1 月。诗题系编者所拟。正纶，徐正纶，时任浙江文艺出版社编辑，系《晚翠文谈》责任编辑。

九　漯　歌[①]

漯水来天上，依山为九叠。

源流一脉通，风景各异域。

或如匹练垂，万古流日夕。

或分如燕尾，左右各一撇。

或轻如雾縠，随风自摇曳。

或泻入深潭，潭水湛然碧。

或落石坝上，淘然喷玉屑。

或藏岩隙中，宛如云中月。

信哉永嘉美，九漯皆奇绝。

（一九九一年十一月二十日）

注　释

① 　本篇见于散文《初识楠溪江·九级瀑》，原载 1992 年 1 月 9 日、1 月 23 日、
　　2 月 6 日《中国旅游报》；初收《汪曾祺全集》第十一卷，人民文学出版社，
　　2019 年 1 月。九漯瀑布，在永嘉楠溪江大若岩风景区。

水 仙 洞 歌①

往寻水仙洞,却在山之巅。

想是仙人慕虚静,幽居不欲近人寰。

朝出白云漫浩浩,暮归星月已皎然。

不识仙人真面目,只闻轻唱秋水篇。

(一九九一年十一月二十日)

注　释

① 本篇见于散文《初识楠溪江·永恒的船桅》,原载 1992 年 1 月 9 日、1 月 23
日、2 月 6 日《中国旅游报》;初收《汪曾祺全集》第十一卷,人民文学出版
社,2019 年 1 月。水仙洞,在永嘉楠溪江石桅岩风景区。

石 桅 铭[1]

石桅停泊,历千万载。

阅几沧桑,青颜不改。

(一九九一年十一月)

注 释

[1] 本篇见于散文《初识楠溪江·永恒的船桅》,原载 1992 年 1 月 9 日、1 月 23
日、2 月 6 日《中国旅游报》;初收《汪曾祺全集》第十一卷,人民文学出版
社,2019 年 1 月。又见于刘心武《石桅待发》、鲁虹《游走"浙南天柱"》,文
字有改动,作:"石桅泊何时,卓立千万载。壁尽几沧桑,青颜怎不改。"(刘
心武引文中"青颜"作"青春",当为误植。)石桅,永嘉楠溪江一风景点。

赞 苍 坡 村①

村古民朴,天然不俗。

秀外慧中,渔樵耕读。

(一九九一年十一月)

注 释

① 本篇见于散文《初识楠溪江·传家耕读古村庄》,原载 1992 年 1 月 9 日、1
月 23 日、2 月 6 日《中国旅游报》;初收《汪曾祺全集》第十一卷,人民文学
出版社,2019 年 1 月。苍坡村,永嘉楠溪江畔一古村,为民俗旅游景点。

楠溪之水清①

楠溪之水清,欲濯我无缨。

虽则我无缨,亦不负尔清。

手持碧玉杓,分江入夜瓶。

三年开瓶看,化作青水晶。

(一九九一年十一月二十日)

注　释

① 本篇见于散文《初识楠溪江·清清楠溪水》,原载 1992 年 1 月 9 日、1 月 23
日、2 月 6 日《中国旅游报》;初收《汪曾祺全集》第十一卷,人民文学出版
社,2019 年 1 月。

送黑孩东渡^①

燕市长歌酒未消，拂衣已渡海东潮。

何时亦有思归意，春雨楼头尺八箫。

（一九九一年冬）

注　释

① 本篇初收《汪曾祺全集》第十一卷，人民文学出版社，2019 年 1 月。黑孩，女，作家，现旅居日本。

为黑孩画紫藤图并题[①]

开到紫藤春去远,黑孩犹自在天涯。

纸窗木壁平安否,寄我桥边上野花。

(一九九一年冬)

注　释

① 本篇初收《汪曾祺全集》第十一卷,人民文学出版社,2019 年 1 月。

1992 年

书 画 自 娱[1]

我有一好处，平生不整人。

写作颇勤快，人间送小温。

或时有佳兴，伸纸画青春。

草花随目见，鱼鸟略似真。

唯求俗可耐，宁计故为新。

只可自愉悦，不可持赠君。

君其真喜欢，携归尽一樽。

（一九九二年一月）

注 释

[1] 本篇原载《中国作家》1992 年第二期封二，又见于散文《书画自娱》（原载 1992 年 2 月 1 日《新民晚报》）、《〈草花集〉自序》（原载《草花集》，成都出版社，1993 年 9 月），文字略有改动；初收《汪曾祺全集》第十一卷，人民文学出版社，2019 年 1 月。"伸纸画青春"一句，《书画自娱》引文作"伸纸作芳春"。《〈草花集〉自序》引文作"伸纸画暮春"，且无"唯求俗可耐，宁计故为新"两句。"只可自愉悦，不可持赠君"两句，两次自引均作"只可自怡悦，不堪持赠君。""君其真喜欢"一句，两次自引皆作"君若亦欢喜"。

岁　交　春①

不觉七旬过二矣,何期幸遇岁交春。

鸡豚早办须兼味,生菜偏宜簇五辛。

薄禄何如饼在手,浮名得似酒盈樽?

寻常一饱增惭愧,待看沿河柳色新。

(一九九二年一月初)

注　释

① 本篇见于散文《岁交春》,原载 1992 年 1 月 31 日《大众日报》;又见于范用《曾祺诗笺》,载 1999 年 3 月 27 日《新民晚报》。

水　乡①

少年橐笔走天涯,赢得人称小说家。

怪底篇篇都是水②,只因家住在高沙③。

注　释

① 参见本书《高邮王氏纪念馆》注①。

② 法国安妮·居里安女士翻译了我的几篇小说,她发现我的小说里大都有水。

③ 高邮旧亦称高沙。

镇 国 塔 偈①②

海水照壁倾不圮③,高邮城西镇国寺。

至今留得方砖塔,塔影河心流不去④。

注　释

① 参见本书《高邮王氏纪念馆》注①。

② 镇国寺塔是方塔,南方少见。塔建于唐代,上半截毁于雷火,明清重修。

③ 镇国寺门前旧有照壁,是一整块的紫红砂石,上刻海水。多年向前倾斜,但不倒。后毁。

④ 镇国寺塔本在西门内。运河拓宽时为保存此塔,特意留出塔周围的土地,乃成一圆圆的小岛,在河中央。

宋城残迹^①

城头吹角一天秋,声落长河送客舟。

留得宋城墙一段^②,教人想见旧高邮。

注　释

① 参见本书《高邮王氏纪念馆》注①。

② 高邮城南有旧城墙一段,传是宋城。或有疑义,因为有些城砖是明清形制。近因水灾,危及墙址,乃分段检修,发现印有"高邮军城砖"字样的砖头,笔画清晰。高邮在北宋为高邮军,是则残墙为宋城无疑。高邮军在宋代为交通枢要,宋人诗文屡及。

文游台^{①②}（年年都上文游台）

年年都上文游台，忆昔春游心尚孩。

台下柳烟经甲子^③，此翁精力未全衰。

注　释

①　参见本书《高邮王氏纪念馆》注①。

②　文游台在泰山（一座土山）上，建于宋，是苏东坡、秦少游、王定国等人文酒
　　觞咏之处。台有楼阁，不类宋制，似后修。敌伪时重修，甚恶俗。近又修，
　　稍存旧制。

③　我读小学时，每年春游，都上文游台。台之西，本为一片烟柳。凭栏西眺，
　　可见运河帆影，从柳梢轻轻移过。今台西多建工厂、宿舍，眼界不能空
　　阔矣。

盂　城　驿①②

盂城驿建在何年？廨宇遗规尚宛然。

遥想幡旗飘日夜，南船北马何喧喧。

注　释

① 参见本书《高邮王氏纪念馆》注①。

② 高邮城外高内低，如盂。秦少游有诗云："吾乡如覆盂"。盂城驿在高邮城南。据云，这是全国尚存的最完整的驿站之一。我去看过，是相当大的一片房子，有驿丞住的地方、投驿吏卒的宿舍、喂马的地方、关犯人的监狱……一应俱全。从建筑看似为明建清修。我以为这是高邮真正最具历史文物价值的景点之一。但以高邮一县之力，目前很难复其旧观。

王　家　亭^{①②}

王家亭外晚荷香,犹记明窗映夕阳。

觞咏城东佳胜处,只今飞蝶草荒荒。

注　释

① 参见本书《高邮王氏纪念馆》注①。

② 王家亭为蝶园遗物,在东城根,我读初中时常往。所谓亭子者实为长方形
的大厅,隔窗可见厅内炕榻几椅,厅前池塘野荷零乱,似已无人管理。后
毁。蝶园本是高邮名园,今存其名而已。

佛　　寺^①

吴生亲笔久朦胧^②，古刹声消夜半钟^③。

欲问高邮余几寺^④，不妨留照夕阳红。

注　释

① 参见本书《高邮王氏纪念馆》注①。

② 天王寺旧有吴道子绘观音，后竟不知下落。

③ 承天寺夜半撞钟，小说《幽冥钟》写此。

④ 高邮城区旧有八大寺，均毁。今只保留少数庵堂。此次回乡，曾往看南城一庵，承住持长老接待。长老颇爱读小说，对我说："你所写的小和尚的事是真的。我们年轻时都有过这样的事，只是不敢说。"小说《受戒》能得老和尚印可，殊感欣慰。

忆荷花亭吃茶①②

骄阳不到柳丝长,鸭嗳浮萍水气香。

旋摘莲蓬花下藕,浮生消得一天凉。

注　释

① 参见本书《高邮王氏纪念馆》注①。

② 荷花亭在公园东北角,在一小岛上。四面皆水,有小桥可通。环岛皆植高
大垂柳,日影不到。亭中有茶馆,卖极好龙井茶。是夏日纳凉去处。今公
园布局已变,荷花亭不知尚存在否。

题盂城邮花[1]

以邮名地者,其唯我高邮。
秦王亭何在,子婴水悠悠。
降至盂城驿,车马乱行舟。
邮人爱邮事,同气乃相求。
玩物非丧志,方寸集千秋。

注　释

[1]　本篇原载高邮市集邮协会会刊《盂城邮花》1992 年第三期,又载《罢社珠
　　光——高邮市文联十年成果集》,高邮市文联编印,1996 年 4 月;后编入组
　　诗《我的家乡在高邮——故乡诗吟》,初收《汪曾祺全集》第八卷,北京师范
　　大学出版社,1998 年 8 月。

题赠《太原日报》"双塔"副刊[1]

彩塑晋祠传万古,散文谁过傅青主。
江山代有才人出,会看春芳满绿渚。

(一九九二年三月)

注　释

[1]　本篇见于燕治国《蒲黄榆畔藏文仙——访汪曾祺》,原载 1992 年 3 月 30 日
《太原日报》;初收《汪曾祺诗联品读》,金实秋编,大众文艺出版社,2009
年 4 月。

读 史 杂 咏 ①（五首）

（一）

鼙鼓声声动汉园，书生掷笔赴烽烟。
何期何逊竟垂老，留得人间画梦篇。

（二）

孤旅斜阳西直门，禅心寂寂似童心。
人间消失莫须有，谁识清诗满竹林。

（三）

窗子外边窗子外，兰花烟味亦关情。
沙龙病卧犹高咏，鼓瑟湘灵曲未终。

（四）

岂惯京华十丈尘，寒星不察楚人心。
一刀切断长河水，却向残红认绣针。

（五）

蛱蝶何能拣树栖,千秋谁恕钱谦益。
赵州和尚一杯茶,不是人人都吃得。

注　释

① 本篇原载《文学自由谈》1992 年第二期;初收《汪曾祺全集》第八卷,北京
师范大学出版社,1998 年 8 月。这五首依次吟咏的是五位现代文人史事:
何其芳、废名、林徽因、沈从文、周作人。

咏 鲁 智 深 [1]

五台山上剃光头，一点胡髭也不留。
放火杀人难掐数，忽闻潮信即归休。

注 释

[1] 本篇见于 1992 年 6 月 28 日致范用信，初收《汪曾祺全集》第八卷，北京师
范大学出版社，1998 年 8 月。诗题系编者所拟。

读《水浒传》漫题①（七首）

（一）

街前紫石净无瑕，血染芳魂怨落花。
丽质天生难自弃，岂堪闭户弄琵琶。

（二）

六月初三下大雪，王婆卖得一杯茶。
平生第一修行事，不许高墙碍杏花。

（三）

黑云压境美人死，冤案千年几页纸。
侠义原来是野蛮，武松不是真男子。

（四）

枉教人称豹子头，忍随俗吏打军州。
当年风雪山神庙，弹指频磨丈八矛。

（五）

寿张县里静无哗，游戏何妨乔作衙。
非是是非凭我断，到来不吃一杯茶。

（六）

桃脸佳人一丈青，如何屈杀嫁王英。
宋江有意摧春色，异代千年怨不平。

（七）

凤凰踏碎玉玲珑，发髻穿心一点红。
乞得赦书真浪子，吹箫直出五云中。

注　释

① 本篇原载 1992 年 7 月 6 日《文汇报》，依次题咏《水浒传》中七位人物：潘金莲、王婆、武松、林冲、李逵、扈三娘、燕青，又见于 1992 年 6 月 28 日致范用信，无咏武松一首，有咏鲁智深一首；初收《汪曾祺全集》第八卷，北京师范大学出版社，1998 年 8 月。

绍 兴 沈 园[1]

拂袖依依新植柳,当年谁识红酥手。

临流照见凤头钗,此恨绵绵真不朽。

（一九九二年十月）

注 释

[1] 本篇原载 1993 年 3 月 4 日《中国旅游报》;后编入组诗《随咏》,初收《汪曾祺全集》第八卷,北京师范大学出版社,1998 年 8 月。

1993 年

江湖满地一纯儒[①]

绿纱窗外树扶疏,长夏蝉鸣课楷书。

指点桐城申义法,江湖满地一纯儒。

小学毕业之暑假,我曾在三姑父孙石君家从韦鹤琴先生学。先生日授桐城派古文一篇,督临"多宝塔"一纸。我至今作文写字,实得力于先生之指授。忆我从学之时,弹指六十年矣,先生之声容态度,闲闲雅雅,犹在耳目。

癸酉之春受业 汪曾祺谨记

(一九九三年春)

注 释

① 本篇原载《甓社珠光——高邮市文联十年成果集》,高邮市文联编印,1996年4月;后编入组诗《我的家乡在高邮——故乡诗吟》,初收《汪曾祺全集》第八卷,北京师范大学出版社,1998年8月。纯儒,即高邮名儒韦子廉(1892—1943),号鹤琴。为纪念他逝世五十周年,高邮市政协盂城诗社拟编文集,汪曾祺应邀题签并作此诗。

年年岁岁一床书[①]

年年岁岁一床书,弄笔晴窗且自娱。

更有一般堪笑处,六平方米作郇厨。

注　释

① 本篇见于散文《文章余事》,原载《今日生活》第六期"创作外的创作"栏目;初收《汪曾祺全集》第十一卷,人民文学出版社,2019 年 1 月。

朱小平《画侠杜月涛》序诗^①

我识杜月涛，高逾一米八。

首发如飞蓬，浓须乱双颊。

本是农家子，耕种无伏腊。

却慕诗书画，所亲在笔札。

单车行万里，随身只一箧。

听鸟入深林，描树到版纳。

归来展素纸，凝神目不眨。

笔落惊风雨，又似山洪发。

水墨色俱下，勾抹扫相杂。

却又收拾细，淋漓不邋遢。

或染孩儿面，^②可钤缶翁押。

或垂数穗藤，真是青藤法。

粗豪兼娟秀，臣书不是刷。^③

精进二十年。可为寰中甲。

画师名亦佳，何必称画侠。

（一九九三年十月四日）

注　释

① 本篇原载朱小平《画侠杜月涛》，新华出版社，1993 年 11 月，为该书序；初收《汪曾祺全集》第十一卷，人民文学出版社，2019 年 1 月。又载 1994 年 1 月 26 日《北京晚报》，诗题、注释略有改动。朱小平，作家。杜月涛，画家。

② 孩儿面，牡丹名，出菏泽。

③ 米芾自称"臣书刷字"。

《西山客话》诗①（十一首）

西　山

命车入市,瞬目可至,
安步徐行,亦是乐事。

八　大　处

驱车出京城,还见京城影。
举头八大处,手揽十二景。

平　地　山　居

结庐在人境,性本爱丘山。
隔户闻鸡犬,何似在人间。

五　朝　帝　都

金瓦红墙紫禁城,五朝宫阙尚峥嵘。
万方乐奏千条柳,丽日和风唱太平。

文 化 古 城

九城栉比列华屋，处处书香与画轴。
卜宅西山山下住，清谈不觉渐离俗。

风 水 宝 地

青山排户入，在山泉水清。
七碗风生腋，饮之寿且宁。

春花秋叶，鸟啭鱼乐

静鸟投林宿，闲鱼出水游。
尘飞不到处，容我小淹留。

皇 帝 行 宫

万机之暇且从容，窄袖轻衣射大弓。
汉武秦皇俱往矣，尚余松韵入霜钟。

古钟和古松（两首）

（一）

长安寺里花木深，松叶尖尖硬似针。
长乐钟声犹未尽，悠悠余韵入禅心。

（二）

四百年前钟，六百年前松。

手抚白皮松,来听古铜钟。

钟声犹似昔,松老不中空。

人生天地间,当似钟与松。

荣名以为宝,勉立肤寸功。

解得其中意,物我皆不穷。

野　　餐

野餐得野趣,山果佐山泉。

人世一杯酒,浮生半日闲。

（一九九三年末）

注　释

① 本组诗见于散文《西山客话》,初收《汪曾祺全集》第六卷,北京师范大学出版社,1998 年 8 月。其中第一首诗题"西山"系编者所拟。《平地山居》和《古钟和古松》中第二首编入组诗《随咏》,初收《汪曾祺全集》第八卷,北京师范大学出版社,1998 年 8 月,诗题有改动。

五绝·游东山岛口占^①

沙滩如玉屑,海屿列青螺。
不负佳山水,临风发浩歌。

注　释

① 本篇原载《东山文史资料》增刊《东山岛诗词选》,东山县政协文史资料委
员会编,1999 年 10 月;初收《汪曾祺全集》第十一卷,人民文学出版社,
2019 年 1 月。

1994 年

题戴敦邦《金陵十二钗与宝玉图》[①]

十二金钗共一图,画师布局费工夫。
花前著个痴公子,讨得闲差候茗壶。

(一九九四年初春)

注 释

① 本篇初收《汪曾祺诗联品读》,金实秋编,大众文艺出版社,2009 年 4 月。
系应中国书画爱好者联谊会会员陈时风之请,为画家戴敦邦所绘《金陵十
二钗与宝玉图》所题。

昆 明 食 事①

重升肆里陶杯绿②,饵块摊来炭火红③。

正义路边养正气④,小西门外试撩青⑤。

人间至味干巴菌⑥,世上馋人大学生。

尚有灰藋堪漫吃⑦,更循柏叶捉昆虫。

(一九九四年二月十五日)

注 释

① 本篇见于散文《七载云烟》,原载《中国作家》1994 年第四期;初收《汪曾祺全集》第十一卷,人民文学出版社,2019 年 1 月。诗题系编者所拟。

② 昆明的白酒分市酒和升酒。市酒是普通白酒,升酒大概是用市酒再蒸一次,谓之"玫瑰重升",似乎有点玫瑰香气。昆明酒店都是盛在绿陶的小碗里,一碗可盛二小两。

③ 饵块分两种,都是米面蒸熟了的。一种状如小枕头,可做汤饵块、炒饵块。一种是椭圆的饼,犹如鞋底,在炭火上烤得发泡,一面用竹片涂了芝麻酱、花生酱、甜酱油、油辣子,对合而食之,谓之"烧饵块"。

④ 汽锅鸡以正义路牌楼旁一家最好。这家无字号,只有一块匾,上书大字:"培养正气",昆明人想吃汽锅鸡,就说:"我们今天去培养一下正气。"

⑤ 小西门马家牛肉极好。牛肉是蒸的或煮熟的,不炒菜,分部位,如"冷片"、"汤片"……有的名称很奇怪,如大筋(牛鞭)、"领肝"(牛肚)。最特别的是"撩青"(牛舌,牛的舌头可不是撩青草的么?但非懂行人觉得这很费解)。"撩青"很好吃。

⑥ 昆明菌子种类甚多,如"鸡枞",这是菌中之王。但有一点我至今不明白它为什么只在白蚁窝上长"牛肝菌"(色如牛肝,生时熟后都像牛肝,有小毒,不可多吃,且须加大量的蒜,否则会昏倒。有个女同学吃多了牛肝菌,竟至

休克）。"青头菌"，菌盖青绿，菌丝白色，味较清雅。味道最为隽永深长，不可名状的是干巴菌。这东西中吃不中看，颜色紫褐，不成模样，简直像一堆牛屎，里面又夹杂了一些松毛、杂草。可是收拾干净了，撕成蟹腿状的小片，加青辣椒同炒，一箸入口，酒兴顿涨，饭量猛开。这真是人间至味！

⑦ "蕈"字云南读平声。

昆 明 茶 馆①

水厄囊空亦可赊②,枯肠三碗嗑葵花③。
昆明七载成何事？一半光阴付苦茶。

（一九九四年二月十五日）

注 释

① 本篇见于散文《七载云烟》,原载《中国作家》1994 年第四期,初收《汪曾祺全集》第十一卷,人民文学出版社,2019 年 1 月。诗题系编者所拟。

② 我们和凤翥街几家茶馆很熟,不但喝茶,吃芙蓉糕可以欠账,甚至可以向老板借钱去看电影。

③ 茶馆常有女孩子来卖炒葵花子,绕桌轻唤:"瓜子瓜,瓜子瓜。"

为京西百望山"文化绿色碑林"作^①

我昔到北京,松柏皆奇古。

只惜街树稀,无风三尺土。

何处可追凉,闷坐如蒸煮。

开国百废兴,案牍盈公府。

绿化乃急务,不负古城古。

栽种数十年,嘉树渐如堵。

杨叶春入户,柳丝清拂暑。

多谢园林工,树植良辛苦。

一九九四年国庆前夕

注　释

①　本篇初收《汪曾祺全集》第十一卷,人民文学出版社,2019 年 1 月。

赠 杨 汝 纶①

杨家本望族,功名世泽长。
子孙颇繁盛,君是第几房。
几时辞旧宅,侨寓在他乡。
与君未相识,但可想清光。
葭莩亲非远,后当毋相忘。

（一九九四年十二月）

注 释

① 本篇编入组诗《随咏》,初收《汪曾祺全集》第八卷,北京师范大学出版社,
  1998 年 8 月。杨汝纶,1920 年生,汪曾祺堂叔舅家表弟,长期在四川工作,
  曾任富顺县县长等职。

赠 杨 鼎 川^①

高坡深井杨家巷，是处君家有老家。

雨洗门前石鼓子，风吹后院木香花。

闲游可到上河埫，厨馔新烹出水虾。

倘有机缘回故里，与君台上吃杯茶。

（一九九四年十二月）

注　释

① 本篇编入组诗《随咏》，初收《汪曾祺全集》第八卷，北京师范大学出版社，1998 年 8 月。杨鼎川，杨汝纶之子，佛山大学中文系教授，时在北京大学进修。

题丁聪画我[1]

我年七十四,已是日平西。

何为尚碌碌,不若且徐徐。

酒边泼墨画,茶后打油诗。

偶亦写序跋,为人作嫁衣。

生涯只如此,不叹食无鱼。

亦有蹙眉处,问君何所思。

注　释

[1]　本篇原载 1995 年 9 月 17 日《文摘报》,又见于《我画你写——文化人肖像集》,丁聪编,1996 年 1 月,文字略有改动;初收《汪曾祺全集》第八卷,北京师范大学出版社,1998 年 8 月。丁聪(1916—2009),漫画家。

1995 年

题丁聪作范用漫画像^①

往来多白丁，绕墙排酒瓮。

朋自远方来，顷刻肴馔供。

偶遇阴雨天，翻书温旧梦。

剪剪又贴贴，搬搬又弄弄。

非止为消遣，无用也是用。

注　释

① 本篇原载 1995 年 9 月 17 日《文摘报》，又见于《我画你写——文化人肖像集》，丁聪编，1996 年 1 月；初收《汪曾祺诗联品读》，金实秋编，大众文艺出版社，2009 年 4 月。诗题系编者所拟。范用（1923—2010），出版家，曾任人民出版社副社长兼三联书店总经理。

赠 高 洪 波^①

洪波何澹澹,楼高可摘星。
堂堂过白日,静夜觅同心。

(一九九五年六月一日)

注 释

① 本篇见于高洪波《星斗其文,赤子其人》,原载 1997 年 6 月 6 日《南方周末》;初收《汪曾祺诗联品读》,金实秋编,大众文艺出版社,2009 年 4 月。

题《裴盛戎影集》①

千秋一净裴盛戎，遗像宛然沐清风。
虎啸龙吟余事耳，难能最是得从容。

（一九九五年九月二日）

注　释

① 本篇见于《难得最是得从容——〈裴盛戎影集〉前言》，原载《新剧本》1995
　　年第六期；初收《汪曾祺诗联品读》，金实秋编，大众文艺出版社，2009 年 4
　　月。诗题系编者所拟。

贺母校校庆^①

当年县邮中，本是赞化宫。

城外柳如浪，处处野坟丛。

名师重严教，学子夜灯红。

年年小麦熟，人才郁葱葱。

传薪光潜德，瞩望在后生。

（一九九五年十月）

注　释

① 本篇原载《甓社珠光——高邮市文联十年成果集》，高邮市文联编印，1996
年 4 月，又载《文教资料》1997 年第四期，文字略有改动；后编入组诗《我的
家乡在高邮——故乡诗吟》，初收《汪曾祺全集》第八卷，北京师范大学出
版社，1998 年 8 月。母校，作者初中时就读的高邮中学。

高邮中学校歌[1]

国土秦郎此故乡,湖山钟人杰。

箫吹弦诵九十年,嘉树喜成列。

改革开放乘长风,拓开千秋业。

且须珍重少年时,不负云和月。

注　释

[1]　本篇原载《百年邮中——江苏省高邮中学百年华诞》(2005 年版,内部发行);初收《汪曾祺诗联品读》,金实秋编,大众文艺出版社,2009 年 4 月。

瓯海修堤记①

峨峨大堤，南天一柱。伊谁之力？瓯之百户。

温人重商，无往不赴。不靡国力，同心自助。

大堤之兴，速如飞渡。凿石移山，淘土为路。

茵茵草绿，群莺栖树。人鱼同乐，仓廪足富。

峨峨大堤，长安永固。前既彪炳，后当更著。

注　释

① 本篇原载 1997 年 1 月 1 日《温州晚报》"池上楼"第一期；初收《汪曾祺全
集》第十一卷，人民文学出版社，2019 年 1 月。诗前有林斤澜序："一九九
四年十七号台风袭瓯海，肆虐为百年来所仅见。计死人一百七十五，坏屋
一九五四五间，农田受淹十四万亩。风过，瓯海人无意逃灾外流，共商修治
海堤事。不作修修补补，不作小打小闹；集资彻底修建，一劳永逸。投入土
石三百多万方，技工民工六十多万人次，耗资近亿元。至一九九五年十月
竣工，阅十一个月。顶宽六米，高九米多，长近二十公里的石头堤，如奇迹
出现。温州人皆曰：如此壮举，合当勒石为铭，以勖后来者，众口同声，曰：
'然！'乃为之铭曰："

小莲子题扇①

三十六湖蒲荇香,侬家旧住在横塘。

移舟已过琵琶闸,万点明灯影乱长。

注　释

① 本篇见于小说《名士和狐仙》,原载《大家》1996 年第二期;初收《汪曾祺全集》第十一卷,人民文学出版社,2019 年 1 月。诗题系编者所拟。

1996 年

题为褚时健画紫藤^①

璎珞随风一院香,紫云到地日偏长。
倘能许我闲闲坐,不作天南烟草王。

(一九九六年夏)

注　释

① 本篇见于散文《玉烟杂记》,原载 1997 年 3 月 14 日、6 月 20 日《南方周末》;初收《汪曾祺全集》第十一卷,人民文学出版社,2019 年 1 月。褚时健,时任云南玉溪红塔烟草集团董事长、总裁。

偶　　感[1]

大有大的难，群公忌投鼠。

国事竟蜩螗，民声如沸煮。

岂有万全策，难书一笔虎。

只好向后看，差幸袴余五。

非我羡闲适，寸心何可主。

华发已盈颠，几番经猛雨。

尚欲陈残愿，君其恕愚鲁：

创作要自由，政治要民主。

庶几读书人，免遭三遍苦。

亦欲效余力，晨昏积寸楮。

滋味究如何？麻婆烧豆腐。

（一九九六年十一月）

注　释

① 本篇原载《时代文学》1997 年第一期；初收《汪曾祺全集》第八卷，北京师
范大学出版社，1998 年 8 月。

慰中国作协第五次代表大会诸俊才[1]

生当作人杰,死亦为鬼雄。
一尊湘泉酒,万里楚江风。

(一九九六年十二月)

注　释

[1]　本篇原载 1997 年 7 月 10 日《湘泉之友》(湘泉集团内刊);初收《汪曾祺全集》第十一卷,人民文学出版社,2019 年 1 月。系为赞助中国作协第五次代表大会的湘泉集团所题。

题《昆明猫》①

四十三年一梦中,美人黄土已成空。

龙钟一叟真痴绝,犹吊遗踪问晚风。

注　释

① 本篇见于苏北《呼吸的墨迹——两篇手稿》,原载《灵狐》,人民日报出版
　社,2004 年 7 月,又见于苏北《关于〈昆明猫〉》,原载《汪曾祺文学馆馆刊》
　2008 年 12 月号;初收《汪曾祺全集》第十一卷,人民文学出版社,2019 年 1
　月。《昆明猫》,作者 1996 年画作,画有题款:"昆明猫不吃鱼,只吃猪肝。
　曾在一家见一小白猫蜷卧墨绿色软垫上,娇小可爱。女主人体颀长,斜卧
　睡榻上,甚美。今犹不忘,距今四十三年矣。""四十三年",如按从在昆明
　时期到作跋的 1996 年,实应为 53 年左右,或为作者笔误。初收《汪曾祺诗
　联品读》,金实秋编,大众文艺出版社,2009 年 4 月。

1997 年

再访玉烟不遇褚时健①

大刀阔斧十余年,一柱南天岂等闲!
自古英雄多自用,故人何处讯平安?

(一九九七年一月六日)

注　释

① 本篇见于散文《玉烟杂记》,原载 1997 年 3 月 14 日、6 月 20 日《南方周末》;初收《汪曾祺全集》第十一卷,人民文学出版社,2019 年 1 月。

题云南玉溪烟^①

客从远方来,衣上云南云。
烟都留三日,举袂嗅余馨。

(一九九七年一月)

注 释

① 本篇见于崔簃《云南心 红塔情》,原载《红塔时报》第七四一期;初收《汪曾
祺全集》第十一卷,人民文学出版社,2019 年 1 月。诗题系编者所拟。

贺《芒种》四十周年①

芒种好名字，辛勤艺百谷。

佳作时时见，陵树风籁籁。

好雨亦知时，欣逢年不惑。

尊酒细谈文，相期六月六。

注　释

① 本篇原载《芒种》1997 年第一期；初收《汪曾祺全集》第八卷，北京师范大
学出版社，1998 年 8 月。《芒种》，沈阳市文联主办的文学杂志，1957 年 1
月创刊。

石 林 二 景①

牧 童 岩

牧童坐高岩,吹笛唤羊归。

一曲几千载,羊犹不下来。

夫 妻 岩

丈夫治行李,势将远别离。

叮咛千万语,何日是归期?

十余年前曾游石林,见诸景皆酷肖,非出附会。今足力又衰,不复能登山矣,怅怅。一九九七年四月,汪曾祺

注 释

① 本篇据手迹编入;初收《汪曾祺全集》第十一卷,人民文学出版社,2019年1月。

江 阴 漫 忆①

忆　旧

君山山上望江楼②,鹅鼻嘴③前黄叶稠。
最是缴墩逢急雨④,梅花入梦水悠悠。

樱　花

昔未识樱树,初识在南菁⑤。
一夜东风至,出户眼增明。
团团如绛雪,簇簇似朝云。
寸池⑥水如染,甬道草更青。
此非中土产,舶载自东瀛。
谁为植此树,校长孙揆均。
一别六十载,皤然白发生。
攀条寻旧梦,三嗅有余馨。

河　鲀

鮰鱼脆鳝味无伦⑦,酒重百花清且醇⑧。
六十年来余一恨,不曾拼死吃河鲀。

(一九九七年四月八日至十日)

236

注　释

① 本组诗为母校江苏南菁中学建校 115 周年而作,初收《汪曾祺全集》第八卷,北京师范大学出版社,1998 年 8 月。作者 1935 年秋于高邮中学毕业后,考入位于江阴的南菁中学读高中。

② 君山在城北,登望江楼可见隔岸靖江。

③ 鹅鼻嘴礁石突出江岸,形如鹅鼻,甚险要。

④ "繖"即伞,江阴都写作"繖",以地形似伞故。"繖"墩遍植梅花。1937 年春,阖校春游,忽大雨,衣皆尽湿。路滑如油,皆仆跌。

⑤ 我 1936—38 年曾就读南菁中学。南菁历史悠久,创校至今已 115 年。

⑥ 南菁校园有圆池,水极清而甚浅,云只一寸深,名"寸水池"。

⑦ 江阴产鮰鱼,味美而价贱。

⑧ 江阴产百花酒,黄酒之属也。

题 赠 李 佳^①

奶奶是才女,孙女定如何?
临风开书卷,对月舞婆娑。

(一九九七年四月末或五月初)

注　释

① 本篇初收《汪曾祺全集》第十一卷,人民文学出版社,2019 年 1 月。诗题系
编者所拟。时作者赴成都、宜宾参加活动。李佳,汪曾祺堂姐汪华的孙女,
居成都。

题赠朝焜、杨扬、真真^①

同文能重译,笔下走龙蛇,
一事最堪喜,手擎二月花。

(一九九七年四月末或五月初)

注　释

① 本篇初收《汪曾祺全集》第十一卷,人民文学出版社,2019 年 1 月。诗题系
编者所拟。时作者赴成都、宜宾参加活动。朝焜,即李朝焜,汪曾祺堂姐汪
华的儿子,翻译家;其妻杨扬,成都市文联作家;真真(李真真)是他们的女
儿,时尚幼,后为四川文艺出版社编辑。

未编年

豆　　腐[1]

淮南治丹砂,偶然成豆腐。

馨香异兰麝,色白如牛乳。

迩来二千年,流传遍州府。

南北滋味别,老嫩随点卤。

肥鲜宜鱼肉,亦可和菜煮。

陈婆重麻辣,蜂窝沸砂盆。

食之好颜色,长幼融脏腑。

遂令千万民,丰年腹可鼓。

多谢种豆人,汗滴莫下土。

注　释

[1]　本篇编入组诗《随咏》,初收《汪曾祺全集》第八卷,北京师范大学出版社,
1998 年 8 月。

钧　　瓷^①

钧瓷天下奇,釉彩世无比。

雨湿海棠红,云开天缥碧。

茄皮葡萄紫,冰片鱼籽粒。

孰能为此巧,神工有人力。

注　释

① 本篇原载《诗话钧瓷》,黄河水利出版社,1998 年 9 月;初收《汪曾祺全集》
第十一卷,人民文学出版社,2019 年 1 月。

竹^①

安得如椽笔,纵横写万竿。
岂能成个字,瑟瑟绿云寒。

注　释

① 本篇初收《汪曾祺全集》第十一卷,人民文学出版社,2019 年 1 月。诗题系
　编者所拟。

凌　　霄[①]

凌霄不附树,无树也凌霄,
赫赫明如火,与天欲比高。

注　释

① 本篇初收《汪曾祺全集》第十一卷,人民文学出版社,2019 年 1 月。诗题系
编者所拟。

紫　　藤①

紫云拂地影参差,何处莺声时一啼。

弹指七十年间事,先生犹是老孩提。

注　释

① 本篇初收《汪曾祺全集》第十一卷,人民文学出版社,2019 年 1 月。诗题系
编者所拟。

题 某 杂 志 ①

雅俗庄谐无不可,春花秋月总相关。

为人作嫁多情思,深谢殷勤四十年。

注 释

① 本篇初收《汪曾祺全集》第十一卷,人民文学出版社,2019 年 1 月。诗题系
  编者所拟。

宁喝二斗醋^①

宁喝二斗醋,莫逢三仙姑。

但愿脾胃都还好,能吃麻婆烧豆腐。

注　释

① 本篇初收《汪曾祺全集》第十一卷,人民文学出版社,2019 年 1 月。诗题系
编者所拟。

无题①（北极寒流飞白絮）

北极寒流飞白絮,泰西风雨落残花。

大山明灭地中海,断钉铿鸣亚非拉。

还顾北京无限好,旭日东升照万家。

注　释

① 　本篇初收《汪曾祺全集》第十一卷,人民文学出版社,2019 年 1 月。

咏 黑 牡 丹①

谁家洗砚池头水,浇出人间异种芽。

嫣红姹紫夸颜色,独立春风墨画花。

注　释

① 本篇初收《汪曾祺全集》第十一卷,人民文学出版社,2019 年 1 月。

题 五 粮 液^①

长江江心水,分月归春甕。

五粮适新熟,禾香飘秋梦。

酿之为醇醪,实乃天之供。

至盛幸吴越,朗吟酒德颂。

注　释

① 　本篇初收《汪曾祺全集》第十一卷,人民文学出版社,2019 年 1 月。

无题[①]（我家住近泰山庙）

我家住近泰山庙，从小疏生淮海词。

白发只今搔更短，不妨且读女郎诗。

注　释

① 本篇初收《汪曾祺全集》第十一卷，人民文学出版社，2019 年 1 月。

十　二　红^①

故乡过端午,盘列十二红。

今我在燕北,欣尝地角葱。

故乡昔年端午,家家吃菜皆用红色者,多至十二味,谓之十二红,今此风已不可见。

注　释

①　本篇据手迹编入。诗题系编者所拟。

无题①（龙颜一怒万民哀）

龙颜一怒万民哀,楚炬秦灰长绿苔。

谁令天公真抖擞,降威罪己拜人才。

注　释

① 本篇据手迹编入。

无题[①]（连翘初软第几枝）

连翘初软第几枝，春入烧痕未雨时。
二十四桥明月夜，青虫相对吐轻丝。

注　释

① 本篇据手迹编入。

题松鼠葡萄图①

秋深霜已降，葡萄尽零落。

□□□□□，犹余压架果②。

松鼠贪香甜，倒挂求一啄。

语尔小松鼠，勿图眼前乐。

且须采榛栗，堆之洞一角。

大雪压千山，犹可供啮剥。

注　释

①　本篇据手迹编入，疑缺第三句。诗题系编者所拟。

②　葡萄收后，尚有残果，为支架所压，未被发现，谓之"压架果"，味尤浓。

诗歌全编